KB061153

안
녕,
웨
이
안

안녕, 웨이안

칭산 慶山 소설 — 손미경 옮김

告別薇安

한겨레출판

차 례

# 안녕, 웨이안

그는 그녀가 어디에 있는지 모른다.

하지만 괜찮다. 늘 그렇듯이 그녀는 불쑥 나타날 것이다. 이건 일단 시작하면 빠져들 수밖에 없는 게임이다. 게임의 속성이 원래 그런 것인지, 아니면 자신과 그녀가 만들어낸 비밀 때문에 그런 것인지는 알 수 없었다.

몇 월 며칠인지 기억나지 않는 어느 날, 그는 인터넷에서 그녀를 만났다. IRC*의 무수한 알파벳 배열 사이에서 그 이

---

* 실시간 채팅 서비스인 Internet Relay Chat의 약어.

름을 발견했다. Vivian. 아마도 한자로는 웨이웨이안(薇薇安). 그는 그녀를 웨이안이라고 불렀다.

　토요일 새벽 두시의 불면증은 자살하는 순간의 기분을 짐작케 한다. 그는 파가니니를 듣고 있었다. 이탈리아 바이올리니스트가 연주하는 〈사랑의 이중주〉가 가느다란 선율로 심장을 칭칭 휘감더니 마침내 숨을 조여왔다. 얼굴이 점점 창백해졌다. 딸깍딸깍. 그는 그녀의 이름을 클릭했다. 그리고 말을 걸었다. "안녕." 빨간색 대화창 위로 간결한 한마디가 돌아왔다. "안녕."

　-그: 안 자요?
　-안: 안 자요.
　-그: 파가니니 선율이 나를 죽이려고 하네요.
　-안: 파가니니한테는 두 줄만 있으면 되죠. 한 줄은 당신 생각을 죽이는 데 쓸 수도 있고요.*
　-그: 큭큭.

————————
* 파가니니는 두 줄 혹은 한 줄의 현만을 이용한 연주로 유명했다.

-안: 큭큭.

이것이 시작이었다.


　두 사람의 대화는 한참 동안 이어졌다. 그가 중간에 커피를 내리려고 일어서다 비틀거려 의자를 넘어뜨리는 바람에 이야기가 잠시 끊어지긴 했지만 채 3분도 지나지 않아 다시 시작되었다. 대화는 바둑과 닮았다. 상대가 필요하며, 두 사람의 힘이 팽팽해야 오래 재미를 느낄 수 있다는 점에서 그러했다. 그들의 대화창에는 난해하면서도 단순한 말들이 계속해서 오갔다. 대화는 동이 틀 무렵 이만 자야겠다는 그녀의 말을 끝으로 언제 다시 만나자는 기약 없이 종료되었다.


　욕실로 간 그는 샤워기 아래에서 차가운 물을 맞았다. 고개를 들자 거울 속에 넋 나간 얼굴로 서 있는 자신이 보였다. 사실 그가 두려워하는 건 외로움이 저지르는 살인이다. 그건 상대가 없는 죽음이기 때문이다. 종종 일상 속 그의 시선은 사람들 무리를 지나쳐 고층 빌딩 사이의 좁고 기다란 하늘에 머문다. 이때는 모든 생각이 사라지고 머릿속이 텅 비어버린다.

그는 매일 아침 지하철을 타고 출근한다. 지하철역에 들어서면 뜨거운 커피부터 사는데, 커피 잔은 전철이 플랫폼에 들어오기 전에 다 비워진다. 회사 근처 역에 도착해 지하에서 지상으로 올라오며 그는 습관적으로 눈살을 찌푸린다. 갑자기 들이닥친 햇살에 마음이 조급해진다. 그의 삶 또한 마찬가지다. 그때쯤이면 거리는 이미 속세의 일들과 물질들로 빈틈이 없다.

 -그: 난 어둠을 좋아해요.
 -안: 알아요. 면 셔츠 좋아하죠? 파란색 체크무늬 손수건을 항상 챙기는 것도 알아요. 신발은 끈 묶는 스웨이드 구두만 신고, 흰색 양말은 절대 안 신죠. 전기면도기도 안 쓰고요. 향수는 허브향, 커피를 물처럼 마셔요. 하지만 틀림없이 몸은 말랐을 거예요.
 -그: 그래도 당신이 모르는 것도 있을걸요.
 -안: ?
 -그: ?

지하철역에서 빠져나온 그는 거리 한가운데 있는 광장을 가로지른다. 광장의 벚나무 숲은 그가 이 도시에서 가장 편안 해하는 장소다. 회사가 입주한 빌딩에 들어가 엘리베이터를 기다릴 때면 그는 어김없이 고개를 숙인다. 어깨에 떨어진 작은 꽃잎의 냄새를 맡기 위해서다. 때로는 옷에 달라붙은 분홍빛 이파리를 떼어내 입에 넣고 지그시 씹어보기도 한다.

　그날도 엘리베이터를 기다리고 있었다.
　"그게 무슨 맛이 나요?"
　차오(喬)가 물었다. 그녀는 옆 부서에서 일하는 동료였다. 무표정한 그의 얼굴이 그녀를 향했다.
　"차오 씨 입술 맛이랑 비슷할 거예요."
　차오는 흠칫 놀란 듯했으나 이내 싱긋 웃었다.

　차오는 찬물을 즐겨 마신다. 흰색 면 치마와 맨발에 신는 운동화를 좋아한다. 허리까지 내려오는 긴 머리에 눈동자는 새카맣고 반짝였다. 화장은 하지 않았다. 첫사랑은 열두 살 때 반에서 가장 잘생긴 남학생이었다. 십대 후반에는 헤밍웨이를 세상에서 가장 사랑했다.


　-안: 헤밍웨이가 어떻게 죽었는지 알아요?

　-그: 몰라요.

　-안: 총부리를 입에 넣고 방아쇠를 당겼어요.

　-그: 그렇군요.

　-안: 두개골이 산산조각나면서 사방으로 흩어졌대요.

　-그: 비참하네요.

　-안: 비참하긴요.

　-안: 자기가 좋아하는 방식을 택한 거죠.

　-그: 그게 맘에 들어요.

　-안: 큭큭.

　-안: 난 누구든 자기가 어떻게 죽을지 미리 생각해둬야 하지 않나 싶어요.

　-안: 삶이 이미 반 정도는 죽여놓지만요.


　그는 이런 여자가 실재한다는 사실이 믿기지 않았다. 인터넷에서 만난 사이라 더 그랬다. 현실 속에는 이렇게 재밌는 여자가 있을 것 같지 않았다. 내뱉는 말만 봤을 때는 남자가 아닐까 의심하기도 했다. 하지만 퍽 귀여운 면이 있었고, 무엇보다도 말투에서 풍기는 분위기가 마음에 들었다.

그날도 채팅창에서 그녀를 만났다. 역시 깊은 밤이었다.

"우리 만날래요? 아이스크림 먹어요."

그가 말했다. 언젠가 그녀는 아이스크림을 좋아한다고 말한 적이 있다.

"난징로에 있는 이세탄 백화점 알아요? 거기 맛있는 아이스크림 가게가 있어요."

그녀의 말에 그는 어디든 좋으니 가고 싶은 곳으로 가자고 했다.

그는 그녀도 당연히 상하이에 사는 줄로 여겼다. 그녀는 그가 하는 어떤 이야기들에 큰 관심을 보였는데, 이를테면 겐조에서 새로 출시된 향수 따위에 그랬다. 그녀는 상하이 지하철을 좋아한다는 말도 했다. 플랫폼에서 지하철을 기다릴 때면 느닷없이 이상한 충동이 솟구친다고, 일단 아래층으로 내려갔다가 전철이 플랫폼으로 들어오는 소리가 들리면 미친 듯이 계단을 뛰어오르고 싶다고 했다. 그녀는 이런 내밀

한 상상을 그에게 털어놓았다.

"바다 보는 거 좋아해요? 바다는 지구상에서 가장 맑고 따뜻한 눈물이에요."

그는 실소했다. '상하이에서 바다는 무슨. 똥물 흐르는 황푸강이면 몰라도.'

만나자는 요구에 그녀가 쉽게 응하지 않으리라는 것은 그도 예상한 바였다. 그 무렵 상하이 젊은이들 사이에서는 이런 식의 온라인 만남이 자연스러웠다. 십여 명이 만나서 술을 마시고 볼링을 쳤는데, 보통은 여자보다 남자가 많았다. 물론 그도 오프라인 만남의 경험이 있었다. 인터넷을 통해 알게 된 여자 스무 명 정도를 실제로 만나보았다. 대부분은 식사만 하고 바로 헤어졌지만, 그러지 않은 여자도 있었다. 레이스가 바로 그러지 않은 여자였다. 레이스는 그가 인터넷으로 만난 여자들 중에서 가장 예뻤다.

레이스와의 가벼운 연애는 6개월간 지속되었다. 연애를 이끈 힘은 홉사 사냥을 할 때와 같은 호기심과 정복욕이었다. 그리고 그에 따른 대가는 잔혹했다. 그는 레이스와 헤어진 후 한동안은 아무것도 하지 않았다. 폭식증에 걸린 사람처럼 그저 헛헛한 속만 껴안고 있었다.

그녀에게 만나자고 묻긴 했지만 그는 아무 기대도 하지 않았다.

하지만 역시 대화는 좋다. 커다란 라탄 의자에 맨발로 가부좌를 틀고 앉아 이런저런 이야기를 나누기도 했고, 잔꽃무늬 흐드러진 파란색 담요로 어깨와 무릎을 감싼 채 한참을 대화에 열중하기도 했다. 중간에 커피를 내리려 일어서다가 다리가 저려 우당탕 주변 물건들을 넘어뜨린 일도 있었다. 깊은 새벽이 되면 온라인상의 사람들도 하나둘 사라졌다. 그즈음 그는 대화창에서 이야기를 나누던 이들과 함께 하나, 둘, 셋을 세고 동시에 '나가기' 버튼을 클릭하곤 했는데, 그 순간 지극한 따듯함을 느끼곤 했다. 그는 자신이 이런 상황에 빠져들고 있음을 알면서도 제정신은 붙들고 있다고 여겼다. 그리고 의식이 맑은 상태에서 온라인을 통해 관계 맺는 일에 점점 매료되어갔다.

그는 그녀가 그리웠다. 퇴근길 지하철역 플랫폼에 서면 지난밤 그녀와 나눈 소소한 대화 내용이 자꾸만 떠올랐다. 상냥함이라곤 느껴지지 않는 말투에는 사악함과 지성이 함께 묻어 있었다. 지금까지 살면서 이토록 쌀쌀맞은 여자는 한 번도 만난 적이 없었다.

어느 날, 그들의 대화는 사랑에 관한 주제로 흘러갔다.


-안: 첫 경험 기억해요?

-그: 기억하죠.

-안: 뭐가 가장 기억에 남아요?

-그: 그 여자 눈에 글썽이던 눈물이 내 손가락 위로 뚝 떨어졌는데, 그게 참 따뜻했던 거.

-안: 당신의 손가락이 순결을 잃은 순간이군요.

-그: 큭큭.

-안: 큭큭.

-그: 그런 건 왜 물어요?

-안: 당신 마음속에 사랑이 남아 있는지 궁금해서요.

-그: 아마 10퍼센트 정도는 있을걸요. 그것도 곧 썩어 없어

질 테지만.

 -안: 사랑을 믿지 않는 사람은 보통사람보다 행복 호르몬
이 덜 나온대요.

 -그: 당신은 어떤데요?

 -안: 내 마음은 어떤 때는 꽉 차고, 어떤 때는 텅 비어요.


그는 인파에 휩쓸려 전철에 올라탔다. 흔들리는 공간이 내
뿜는 허연빛이 시커먼 터널을 비추고 있었다. 사방을 둘러보
던 그는 문득 자신을 둘러싼 낯선 이들 가운데 그녀가 있을
것만 같다는 느낌이 들었다. 그러나 전철 안의 젊은 여자들
은 대부분 직장인으로 보였다. 사무실에 어울릴 법한 옷차림
과 가볍지 않은 화장이 모두 비슷한 모습이었다. 하지만 그
녀는 왠지 이들과 다른 부류일 듯했다. 보헤미안이랄까? 세
상 바쁜 일 없이 어슬렁거리다 이따금 내뱉는 느슨한 한마
디. 그녀는 깊은 밤에 자주 출몰했다.

그는 만약 그녀가 여기에 있다면 분명 그녀도 자신을 알아
볼 것이라고 생각했다. 면 셔츠와 끈을 묶는 스웨이드 구두
에 짧은 머리, 그리고 허브향. 자신이 절대 포기하지 않는 스

타일. 어쩌면 그녀는 보이지 않는 곳에서 그를 보며 웃고 있을지도 모른다. 하지만 그렇다 해도 먼저 다가와 말을 건네지는 않을 것이다.

그는 자신의 마음속에서 그녀가 사라지지 않는 상태가 되었을 때에야 비로소 현실 속 그녀의 존재를 알아차렸다.

매일 아침, 그녀와 그는 같은 플랫폼에서 서로 반대 방향의 지하철을 탔다. 전철이 오기를 기다리는 동안 그녀 역시 그 못지않게 냉소적이고 권태로운 표정을 지었다. 그녀는 통이 넓은 빈티지진에 검은 티셔츠 차림에, 앙상한 손목에는 어두운 빛깔의 은팔찌를 주렁주렁 달았고, 발가락이 드러나는 가는 끈 슬리퍼를 신었다. 그럼에도 새카만 머리카락만으로 그윽한 분위기를 풍겼다. 게다가 한쪽 어깨에 걸쳐 멘 자기 몸통만 한 배낭에서 이어폰을 꺼내 귀에 꽂으면, 이 장소에서 완전히 동떨어진 어딘가에 있는 듯한 무심한 얼굴로 변했다. 그녀가 듣는 음악이 과연 파가니니인지 궁금했다.

그는 간혹 그녀에게 "웨이안, 커피 한잔해요"라고 말을 걸어야 할 것 같았다. 만약 그녀가 웨이안이 맞다면 고개를 들어 자신을 바라볼 것이다. 선의라고는 느껴지지 않는, 특유의 사악하면서도 천진스러운 미소와 함께. 아니라면 고개를 돌릴 것이다. 그러나 그는 좀 더 시간을 갖고 살펴보고 싶었다. 유유하면서도 차분한 그녀의 모습. 그는 이 게임의 결말을 통제할 수 있었다.

주말, 회사 회식으로 간 술집에서였다. 차오가 그에게 춤을 권했다.

"내 입술 아직 기억해요?"

그는 비스듬히 얼굴을 기울인 그림자 속에서 자신을 보며 빙긋이 웃는 그녀를 와락 껴안았다. 그녀는 취해 있었다. 존이 다가와 차오의 팔을 잡으며 말했다.

"취했어. 바래다줄게."

존이 차오에게 마음이 있다는 건 회사에서 알 만한 사람은 다 아는 사실이다. 하지만 차오에게는 이미 사진작가 남자친구가 있었다. 비록 영국에 있지만 말이다.

차오는 존의 손길을 뿌리치고 발그레한 뺨을 그의 어깨에 파묻었다. 그녀는 눈을 똑바로 뜨고 그를 응시했다.

"린(林), 나랑 춤춰요."

그는 난감해하는 존의 눈치를 살피다 그녀를 끌고 술집을 빠져나왔다.


자정이 되었다. 좁은 아파트 엘리베이터에서 그녀는 그에게 얼굴을 갖다 대며 또 한 번 물었다.

"내 입술 기억해요?"

무표정한 얼굴로 그녀를 내려다보던 그는, 순식간에 그녀를 엘리베이터 문 쪽으로 밀치며 거친 키스를 퍼부었다.

"나 섹스한 지 오래됐어요. 그 사람이 영국 가고 2년 동안 아무와도 안 했죠."

그녀의 속삭임이 그의 귀를 간질였다. 입술 주변으로 마구 번진 립스틱 자국이 꽃잎처럼 보였다. 그는 더 이상 참을 수가 없었다.

그녀와 몇 번을 했는지 기억나지 않았다. 마지막 한 번은 의식이 채 반절도 남지 않은 상태였다. 그런 후 이내 깊은 잠에 빠져들었다. 자신의 몸을 더듬는 손길에 깨어난 그는 또 원했다. 그녀는 몸을 잔뜩 비틀며 고통스러운 표정으로 애원

했다. 그는 그녀의 긴 머리칼을 한 손으로 휘어잡았다.

"날 좋아하지 않겠다고 말해."

그의 귀에 자신의 무심한 목소리가 들렸다.

그녀는 수치심과 쾌락을 동시에 느끼며 꽃잎처럼 피어오른 얼굴을 들었다.

"귀찮게 안 할 거예요, 린. 구속하지 않아."

그녀의 눈에서 눈물이 뺨을 타고 흘렀고, 그의 손가락이 미세하게 떨렸다. 눈물의 온기가 그 자신의 기억을 뛰어넘고 있었다.


해 질 무렵 지하철역에서 사고가 있었다.

굉음을 울리며 달려오는 전철 앞으로 한 중년 남자가 뛰어든 것이다. 열차가 급정거하는 소리와 함께 사람들의 비명이 공중에 맴돌았다. 그는 혼잡한 인파 사이로 사고 현장을 살펴보았다. 철로 바닥에 시뻘건 핏자국이 흩뿌려져 있었다. 그리고 경직된 손 하나가 살포시 놓여 있었다. 힘이 풀린 손에는 아무것도 들려 있지 않았다.

그가 사람들을 헤치고 나왔을 때, 그 검은 옷의 여자가 눈에 들어왔다. 이어폰을 꽂은 그녀는 마치 아무 일도 일어나지 않았다는 듯 사람들과 멀찌감치 떨어진 곳에 혼자 서 있었다. 그는 출구 쪽으로 걸어가다 위가 타들어가는 듯한 공복감을 느꼈다. 역 출구에서 흘러드는 햇살에 눈도 제대로 뜰 수 없었다. 그는 그대로 몸을 돌려 다시 역 안으로 향했다.

깊은 밤, 그는 웨이안과 삶의 마지막 날에 관해 이야기를 나누었다. 어쩌면 삶의 마지막 날까지 그는 그녀를 만나지 못할지도 모른다.

그녀가 이쪽으로 발걸음을 떼는 것을 본 그는, 자신의 곁으로 지나가기를 기다렸다가 말을 건넸다.

"웨이안, 커피 한잔할래요."

이날 그녀는 목까지 올라오는 검은 민소매 셔츠 차림이었다. 팔에 걸린 은팔찌는 움직이며 찰랑찰랑 소리를 냈다. 눈두덩은 은백색 아이섀도로 환해 보였다. 여름철이면 또래 젊은 여성들 사이에서 흔히 볼 수 있는 화장법이었다. 왼쪽 눈아래에는 옅은 갈색의 점이 있었다.

그녀가 그를 향해 얼굴을 치켜들었다. 그녀는 정색하며 "내 이름은 비비안이에요"라고 말했다. 낮고 허스키한 목소리였다.


그는 자신이 매일 아침 들르는 '해피카페'로 그녀를 데려갔다.

"뭐 마실래요?"

"카푸치노요."

그녀가 대답했다.

그는 원래 에스프레소만 마시지만, 이 정도 취향 차이는 아무래도 괜찮았다.

그가 말했다. "그 남자, 아마 죽었을 거예요."

여자는 손가락으로 흰색 머그잔을 어루만졌다.

"죽음은 늘 일어나는 일이에요. 그 사람은 어쩌면 직장을 잃었을 수도 있고, 이혼을 앞뒀거나 사기를 당했을지도 몰라요. 아니면 그냥 사는 게 지겨웠을지도……"

여자는 이어폰을 집어 가방에 넣으며 말을 이었다.

"만약 그 순간을 견뎠다면 맛있는 커피를 마실 수 있었겠죠."

비비안은 광고 회사에서 그래픽디자이너로 일했다. 그들은 시간이 날 때, 심심할 때 만나는 사이가 되었다. 그리고 그 만남은 주로 해피카페에서 이루어졌다.

그녀는 그를 커피남이라고 불렀다. 그에게 깊고 쓴 이 액체는 살아가는 데 없어서는 안 될 존재였기 때문이다. 그는 마침내 그녀가 듣는 음악이 파가니니가 아니라 밴(Ban)이라는 밴드의 바리톤 색소폰 연주라는 사실을 알아냈다.

그녀는 어딘가 좀 독특한 분위기를 풍겼다. 얼굴에는 항상 초연함이 배어 있고, 커피를 마시는 동안에는 거의 말을 하지 않았다.

그는 가끔 손을 그녀의 손가락 위에 슬며시 포개어 그 보드라운 살을 만지곤 했다. 그럴 때 그녀는 눈을 치켜뜨고 미소인 듯 아닌 듯 오묘한 표정을 지었다.

그는 그녀와 아이스크림 가게에 갔고, 화팅로에 있는 마나베 일본 커피숍과 타임패시지 술집에도 갔다. 온라인 채팅에서 웨이안에게 이야기를 꺼낸 적이 있는 장소는 모조리 간 셈이었다.

어슴푸레한 조명 아래에서 그는 그녀 눈가의 보일 듯 말 듯한 갈색 점을 응시했다. 그녀에게는 쉽게 키스하고 싶지 않았다. 그녀는 계속 자신을 비비안이라고 부르라고 했다.

"나는 당신 상상 속의 그 사람 하기 싫어요. 당신 참 이기적인 거 알아요?"

그는 그 말이 사실일지도 모른다고 생각했다. 29년을 매일같이 면 셔츠를 입고 끈 묶는 스웨이드 구두를 신으며, 100밀리리터짜리 겐조 허브향 향수를 사는 남자를 이기적이라고 하지 않는다면 과연 누구를 이기적이라고 할까? 그렇지만 그는 이 스타일이 익숙했다. 그를 둘러싼 환경은 비록 자신의 꿈과는 전혀 들어맞지 않았지만 말이다.

온라인에서 웨이안을 다시 만났을 때, 그는 지하철에서 만난 여자의 새하얀 손가락이 머그잔 위에 걸쳐진 모습이 떠올랐다.

–그: 만약 내일이 이 세상의 마지막 날이라면, 날 만나줄 건가요?

–안: 아뇨.

–그: 왜요?

–안: 우리, 매일 엇갈려 지나치는 느낌이에요. 어쩌면 죽기

전에 얼굴을 마주하는 순간은 끝내 안 올지도 몰라요.

　-안: 베일에 가려진 세상은 그대로 둬요. 게다가 우리한테
는 어른용 게임 규칙이 있어야 하잖아요.


　그는 일주일에 한두 번 차오의 아파트에 갔다. 차오가 전화
를 걸면 그가 가는 식이었다. 차오는 그들 관계의 속성을 똑
똑히 알았다. 남자친구가 영국에서 돌아오기 전까지 그들은
서로의 외로움과 욕망을 채워주는 대상이었다. 물론 이 관계
는 언제든 끝날 수 있었다. 그녀는 그에게 저녁밥을 해줬고,
간혹 한밤중 잠에서 깨면 옆에서 깊이 잠든 그를 바라보기도
했다. 어디 한 군데 나무랄 데 없는 얼굴이었다. 평소의 냉랭
함은 온데간데없이, 그는 아이처럼 천진하고 온순한 얼굴로
잠을 잤다. 남자는 밥 먹을 때와 잠잘 때가 가장 귀엽다. 인
생에서 가장 말랑말랑하고 편안한 모습이 나오는 순간이랄
까. 그녀는 그를 가만히 쓰다듬었다. 두 사람은 이미 너무 오
랫동안 몸을 나누었다. 그럴수록 영혼은 점점 더 멀어진다는
사실을 그녀는 알았다.

　아니, 어쩌면 그녀는 단 한 순간도 그의 영혼을 사로잡은

적이 없었는지도 모른다. 그녀는 그가 엘리베이터 앞에서 벚꽃 이파리를 입에 넣고 씹던 모습을 기억했다. 몸에 희미하게 떠도는 꽃향기도 기억했다. 그의 눈빛은 우울해 보였다. 여자는 자신이 이해할 수 없는 남자를 사랑하게 된다. 차오도 예외가 아니었다. 그녀는 자신이 약자가 되었음을 깨달았다.

한번은 조심스럽게 떠보았다.

"만약 아기가 생기면……"

차오는 그의 눈빛을 살폈다. 차가운 눈빛.

"당신이 알아서 조심해. 절대 있을 수 없는 일이야."

"그게 아니라…… 만약에 생기면 말이야."

차오는 힘없이 손가락을 매만졌다. 그는 미동도 없이 눈길만 그녀 쪽으로 돌리며 말했다.

"귀찮은 일 만들지 마. 절대."


비비안. 그가 조용히 그녀를 부른다. 돌아보는 옆얼굴이 부드럽게 반문하는 표정이다. 지하철의 굉음은 훤히 트인 플랫폼에서 아득하게 사라진다. 그는 이것이 두 사람의 게임이라고 믿는다. 단지 지금 이 게임에서 관계의 구도를 좌우하는 역할이 달라지는 것뿐이다. 만약 그녀가 자신이 웨이안이라고 인정한다면, 그녀가 바로 웨이안이다. 인정하지 않는다 해도 그녀는 최소한 비비안이었다.

한밤중, 시선을 모니터에 둔 채 대화를 이어가던 그는 자판 두드리는 소리를 들었다. 외로움이 내는 소리는 혈관 속 피가 들끓듯 부글거렸다. 그녀의 말이 한마디씩 모니터에 나타나고, 또 한마디씩 사라졌다. 매 순간이 모두 마지막이었다.

이번 대화부터는 굿나이트 키스를 했다. 그가 감기에 걸렸을 때, 날이 으스스하다고 말하자 그녀는 입술 모양의 아이콘을 보냈다. '잘 자요. 쪽.' 그리고 나가기 버튼을 누르면 모든 것은 끝이 났다.

그에게 비비안은 손을 뻗으면 닿을 수 있는 여자다. 그는 그녀의 몸에 대한 환상이 있었다. 사랑이란 바로 이런 환각 아니던가. 이 환상은 차오의 몸에 대한 파렴치하고 차가운 욕망을 잠시 잊게 만들었다.

"카푸치노를 만들려면 말이야. 진하게 볶은 원두로 커피를 내려 설탕이랑 생크림 큰 스푼 하나를 넣은 다음, 얇게 저민 레몬을 짜서 즙을 넣어. 오렌지도 괜찮아. 그리고 시나몬 가루를 뿌리는 거야."

그의 말에 비비안이 웃었다.

"카페에서 아르바이트해도 되겠어. 전문가 같아."

"대학 졸업했을 때 가장 하고 싶었던 일이 바텐더나 바리스타였어."

밤은 고요하고도 혼란스럽다. 바로 그가 좋아하는 시간이다. 아름다운 여자가 바 한쪽 구석에 홀로 앉아 담배를 피운다. 진한 커피향과 담배 냄새가 뒤섞인 공기 중으로 살인을 위한 파가니니가 흐른다. 한도 끝도 없는 기분에 계속 빠져들다 날이 밝아서야 잠을 잔다. 해가 비치는 세상과는 단절이다. 그러나 현실은 이렇게 느슨한 생활을 허용하지 않는다. 그는 매일 태양을 머리에 이고, 철근 콘크리트로 가득한 도시를 가로지른다.


"나는 어둠이 좋아."

그는 햇빛 아래에서 눈을 가늘게 떴다.

세상은 또다시 그에게 벌거벗고 태양 아래로 나갈 것을 강요했다. 빛의 작열감은 순식간에 그를 사라지게 만들 정도로 고통스러웠다. 엘리베이터 앞에서 만난 차오는 영국에 있는 남자친구와 헤어졌으며, 배 속에 아이가 생겼다고 말했다. 동료들이 다 같이 엘리베이터를 기다리던 중이었다. 거기서 두 사람의 관계를 모르는 사람은 없었다. 그런데도 차오는 모두에게 알리려는 듯이 큰 목소리로 말했다. 그는 자신에 대해 책임이 생겼으며, 그 책임을 다해야 한다고 했다. 존이 다가와 복잡한 표정으로 말했다.

"린, 빨리 국수 먹여줘요."

사람들이 웃으며 놀려댔다.

그는 그 자리에 잠자코 서 있었다. 눈이 따끔거리고 현기증이 났다. 그는 부담감에 짓눌린 채 자신을 혐오하고 있었다.

차오의 스물네 번째 생일이었다. 그날 해 질 무렵의 하늘은 유난히도 어두웠다. 마음을 다스리려 안간힘을 쓰며 지하철

칸에서 빠져나온 그는 해피카페에 들러 뜨거운 커피를 마셨다. 차오는 그에게 전화를 걸어 저녁 시간에 오라고 말했다. 그는 잠자코 있었다. 사랑에 빠진 여자는 미련해지기 마련이다. 그는 그 사랑이 지겨웠다. 수화기 너머에서 그녀는 울고 있었다.

"오늘 안 오면 나 죽어버릴 거야."

그녀는 그 말을 남기고 전화를 끊었다.

결혼 생각은 한 번도 해보지 않았다. 아이러니하게도 게임의 규칙을 어긴 쪽은 차오다. 귀찮게 하지 않을 거라고 했던 그녀가 이제 고집을 피우고 있었다.


그는 웨이안이 그리웠다. 온라인에서 그녀를 보지 못한 지 닷새가 넘어가고 있었다. 그는 그녀의 종적이 묘연한 것을 두고 단지 운이 없어서라고 생각했다.

기분이 좋지 않아, 웨이안. 온라인에서 다시 그녀를 만나면 이렇게 말할 생각이었다. 그러면 웨이안은 물음표로 답하겠지. 이건 둘만의 대화 방식이다. 그녀는 언제나 두 사람 사이에 충분한 여지를 남겼다. 그녀는 이토록이나 영리했다.

그날 저녁, 그는 인터넷에 접속해 웨이안을 기다렸다. 커피가 식어가면서 눈가에 톡톡 경련이 일었다. 오늘 밤도 그녀가 나타나지 않으리라는 예감이 들었다. 그는 마음속을 가득 메운 외로움에 미쳐버릴 것만 같았다. 차오의 따뜻한 몸이 생각났다. 그러나 그가 필요로 하는 것은 차오의 몸일 뿐, 그녀의 전부는 아니었다.

밤 열한시. 컴퓨터를 끄고, 면 셔츠를 입고 회색 양말에 끈 묶는 스웨이드 구두도 신었다. 텅 빈 거리에서 가로등이 어스름 빛을 비추었다. 그는 택시를 잡아타고 차오의 아파트로 향했다. 여전히 좁고 답답한 엘리베이터에서, 그는 그날 밤의 광란을 떠올렸다. 발갛게 달아오른 차오의 뺨이 자신의 손안에서 꽃처럼 만발했다. 어느 순간 그들은 똑같이 외로웠고, 그래서 서로를 필요로 했다. 그러나 그는 그녀를 사랑하지 않았다.

그의 마음속에 남아 있는 10퍼센트의 사랑은 이 세상에 속한 사랑이 아니었다.


차오가 문을 열자 방 안에서 까만 어둠이 새어 나왔다. 그

들은 몇 초간 아무 말 없이 서로를 바라보았다. 이윽고 그가
문을 닫았고, 거친 몸짓으로 그녀를 벽으로 몰아붙였다. 마치
짐승처럼. 어째서 쾌락은 이토록 짧게 지속되는 걸까. 그녀의
몸을 떠날 때마다 그는 헛헛함과 무력감에 휩싸였다. 그래도
그 순간만은 외롭지 않았다. 그는 세상에 대한 의식이 느슨
해진 상태에서야 절망을 피할 수 있었다. 차오가 침대 맡의
갓등을 켜자, 그는 손으로 눈을 가리며 신경질적으로 말했다.

"나 밝은 거 싫어. 알면서."

"우리 할 얘기 있잖아."

사실 할 얘기는 없다. 그는 고단한 듯 드러누워 눈을 감았
다.

"피곤해. 자야겠어."

차오는 기어이 그를 일으켰다. 퉁퉁 붓고 빨개진 눈이 보였
다. 이제 그녀는 전혀 예쁘지 않았다.

"린, 당신을 정말 사랑해."

그녀의 슬프고 텅 빈 눈동자가 그를 바라보고 있었다.

"쓸데없는 소리 하지 마. 존이랑 결혼해. 당신을 원하는 남
자한테 가. 내가 해줄 말은 이게 다야. 당신한테 원하는 것도

이게 다야. 이것뿐이야, 이게 현실이야. 이해해줘. 우리는 서로 원하는 게 같아야 해."

차오는 아무 말이 없었다. 그가 불을 껐다. 방은 다시 어두워졌다.

새벽 세시쯤 그가 잠에서 깼을 때 차오는 곁에 없었다. 열린 창문으로 바람이 불어들어 썰렁했다.

불을 켜자 방 안에 고요함이 들어찼다. 이곳에는 고요함과 벽에 걸린 차오의 흑백사진뿐이다. 영국에 있는 전 애인이 찍어준 사진 속의 차오는 예쁜 얼굴에 가냘프면서도 해맑은 미소를 짓고 있다. 현실 속의 그녀는 그와 같은 부류의 사람도, 그의 상대도 아니었다.

그와 게임을 즐길 수 있는 사람은 오직 비비안뿐이다. 그들은 차가운 인내심을 나누어 가졌기 때문이다. 그에 반해 차오는 여리고 순진했다. 그녀에게는 온기와 약속과 영원이 필요했다.

화장실 문을 열자 차오가 욕조에 누워 있었다. 욕조를 가득 채운 차가운 물은 피로 붉게 물들어 있었다. 허공으로 치솟은 팔에서 흘러내린 피가 타일 위로 떨어졌고, 그녀는 고개를 쳐들고 그 팔을 보고 있었다. 그녀의 모습은 말라버린 한 송이 꽃 같았다.

진동하는 피비린내에 그는 몸을 숙여 구역질을 했다.


그는 경찰서에서 마지막 조사를 받고 나와 회사로 향했다. 고단한 몸으로 엘리베이터를 기다리는 동안 아무 생각도, 느낌도 들지 않았다.

엘리베이터에 다른 사람은 없었다. 눈을 감은 채 천천히 올라가는 엘리베이터 벽에 기대어 크게 숨을 쉬었다. 불현듯 부드럽고 희미한 목소리가 자신을 불렀다.

"내 입술 아직 기억해요?"

그는 소스라치며 눈을 떴다. 엘리베이터가 미세하게 진동하며 위로 올라가고 있었다. 이마에 맺힌 식은땀이 눈꺼풀까지 흘러내리다가, 뚝 떨어졌다. 그는 조용히 말했다.

"나는 도저히 당신을 사랑할 수가 없어. 미안해."

문이 열리자 소리는 사라졌다. 그는 마음을 가라앉히고 성큼성큼 걸어 나갔다.

회사는 그만둬야 했다. 사장실에서 나오던 그는 유리문에 붙어 숨죽인 채 자신을 구경하는 직원들을 보았다. 그는 여전히 무표정한 얼굴로 자리에 가 소지품을 정리했다. 햇살이 통유리를 통해 사무실로 쏟아져 들어왔다. 강렬한 빛이 얼굴에 닿아 살이 타들어가는 소리가 귓가에 들렸다.

"비켜요."

출구를 막아선 존에게 그가 말했다. 존은 아무것도 담기지 않은 눈으로 그를 한참 노려보았다. 손이 올라가는가 싶더니, 순식간에 묵직한 주먹이 얼굴을 쳤다.

그는 또다시 진한 피비린내를 맡았다.

"짐승 같은 새끼."

속을 억누르는 존의 말소리가 바깥으로 새어 나왔다. 그는 코 아래로 흐르는 피를 닦고는 밖으로 나갔다.


날이 서늘해졌다. 광장의 플라타너스에 매달린 누런 잎사귀들이 바람결에 이리저리 나부낀다. 사람들은 똑같이 북새통을 이루고, 삶도 똑같이 계속된다. 그는 광장을 가로지르며 지하철역을 향해 걸음을 재촉했다. 지하철 역사에 들어서자

카페 주인장이 그에게 인사했다.

"왜 이렇게 오랜만이에요? 그 검은 옷 입은 여자분이 여러 번 찾아왔는데……"

창가 자리에 에스프레소를 놓고 앉았다. 아무도 그가 겪은 일을 모른다. 수많은 사람들이 매일 지하철역을 오가지만 모두 낯선 얼굴이다. 아무 말도 주고받지 않는, 위로받을 수 없는 이들.

그러나 웨이안은, 혹은 비비안은 그들과 다르다.

세 번째 잔을 비웠을 때, 그는 지하철 칸에서 나오는 비비안을 보았다. 그녀는 그를 보지 못했다.

그녀는 마흔 정도 돼 보이는 남자와 헤어지고 있었다. 평범하게 생겼으나 범상치 않은 옷차림의 그 남자는 그녀의 뺨에 스스럼없이 입을 맞추고 빠른 걸음으로 멀어져갔다. 그는 계속 지켜보았다. 그녀가 해피카페 쪽으로 걸어왔다. 검은 옷과 긴 머리는 다듬어지지 않은 묘한 매력이 넘쳤고, 여전히 인파 틈에서 독특한 분위기를 풍기고 있었다. 그녀는 환상의 여지를 남기는 여자였다.

그러나 안타깝게도 그는 진실을 보았다. 진실은 언젠가는 드러나게 마련이다.


"하이. 한참 안 보이는 것 같더니."

그녀가 그를 향해 미소 지었다.

"사람을 죽였어…… 도망가려고. 나랑 같이 가자."

그는 그녀를 응시한다. 어스름 속에 갈색 점이 도드라져 오묘한 매력이 더해졌다. 얼굴에는 언제나의 초연함이 서려 있다. 그녀는 그가 만나본 여자 가운데 단연 가장 근사했다. 이런 여자를 진작 알았더라면 남다른 삶을 살았을 것이 틀림없었다.

그녀는 아리송한 눈빛으로 그를 바라봤다.

"정말이면 신고를 해야지."

음울한 피가 천천히 그의 심장을 지나갔다.

"거짓말하지 마…… 그 남자는 누구야?"

그녀가 고개를 홱 치켜들었다가, 태연한 눈빛으로 그를 바라보며 말했다.

"무슨 얘길 듣고 싶어?"

그녀는 침착했다.

"나 거짓말한 적 없어. 당신이 알고 싶다면 말해줄게. 그 남자랑 동거한 지 3년 됐어. 그 사람 이혼은 안 할 거고. 하지만 내가 원하는 생활을 살 수 있게 해줘. 당신은 내가 벌어먹을 자격이 된다고 생각해?"

그녀의 얼굴에 냉소가 떠올랐다.

"난 아무것도 없는 인간이야. 그냥 이렇게 살 거야. 가난하지 않게. 죽을 순 없으니까."

그는 그녀를 가만히 쳐다보았다. '모든 게 정상이야. 그래, 세상에 삶의 욕망을 불러일으키는 것들은 얼마든지 있어. 가난하게 살고 싶지 않고. 죽고 싶지 않고.' 그는 생각을 정리했다. 그냥 좀 실망했을 뿐이다. 단지 실망한 것뿐이다.

"왜 나랑 같이 있어?"

그가 물었다. 그는 자기 앞에서 아무 말 없이 커피를 마시는 여자를 지켜보다 그녀의 하얀 손가락을 매만지던 장면이 떠올랐다. 그건 사랑이었을까. 그는 궁금했다.

"그날 당신이 나한테 인사했잖아……"

그녀가 엷은 미소를 띠었다.

"난 다가오는 사람 마다 안 해. 그런데 당신은 얼굴도 잘생긴 데다 몸까지 좋은 젊은 남자잖아."

이 게임을 계속할 수도 있었다. 무미건조한 일상 중에 따듯하고 신비롭게 이 게임을 끌고 가는 것이다. 그러나 그는 진실을 파헤쳤다. 그러나 그녀 역시 어둠을 좋아했다.

"됐어. 나 먼저 갈게. 당신은 이 세상이 끝나는 날 가장 외로울 커피남이야. 세상에 당신이 꿈꾸는 그런 건 없어. 당신이 숨을 곳도 없고."

그녀가 그의 얼굴을 쓰다듬으며 말했다. 손목에 있던 은팔찌가 팔 위쪽으로 내려가면서 불긋한 일자 흉터가 드러났다. 담배로 지진 흔적이었다. 끔찍했다. 흠칫 놀라는 그를 보고 그녀가 말했다.

"나 약 했었어. 문신은 지금도 있고."

"정말 당신을 이해하지 못하겠어. 지금껏 이해한 적도 없지만."

그녀는 웃음을 터뜨렸다.

"왜 이해하려고 하는 거야? 우린 언제나 외로워. 그냥 함께 있으면 되는 거지, 사랑할 필요는 없어."

그는 집에 가지 않았고, 저녁을 먹지도 않았다. 대신 근처 PC방으로 갔다. 그저 웨이안을 기다리고 싶은 마음뿐이었다. 그러다 갑자기 깊은 두려움에 휩싸였다. 그는 웨이안이 비비안처럼 사라질까봐 겁이 났다. 자신의 삶에서 그녀는 가장 위로가 되는 존재였다. 그는 기다렸다. 일곱시, 여덟시, 아홉시, 열시가 될 때까지. IRC에서 늘 보던 그 이름을 하염없이 기다렸지만 그녀는 끝내 나타나지 않았다.

그는 시린 눈을 가늘게 뜨고 PC방 주인에게 커피를 주문하며 물었다.

"파가니니 CD 있어요? 〈사랑의 이중주〉를 듣고 싶은데요."

젊은 사장은 파가니니는 없고 U2나 더 큐어는 있다고 했다. 그는 아무 말 없이 자리로 돌아가 모니터 앞에 앉았다. 그리고 대화창에 한 줄을 입력했다.

–웨이안, 여기로 와.

누군가가 그의 대화창으로 들어왔다.

–불쌍한 놈. 그 여자를 사랑하기라도 하나봐.

또 누군가가 들어와 말했다.

–이렇게 기다린다고 그녀가 올까요?

밖은 비가 내리는 것 같았다. 그는 그곳에서 모니터를 바라보고 있었다. 그의 마음은 텅 비었다.

웨이안과 함께 여러 밤을 보내며 그는 어린 시절 이야기, 첫사랑, 결핍된 가정사 등 마음속의 모든 어둠과 빛을 그녀와 나누었다. 그녀만큼 그를 잘 이해하는 사람은 없을 것이다. 하지만 웨이안이 정말 여자가 맞는지도 그는 확신하지 못했다.

곧 새벽 두시였다. 사장이 다가와 이제 문을 닫는다고 말했다. 그에겐 휴대전화가 없었다.

"밖에 있는 공중전화 번호 좀 알 수 있을까요?"

PC방 주인이 번호를 알려주자 그는 IRC에서 나가기 전 접속 중인 이들에게 정중하게 부탁했다.

-제가 기다리는 여자가 들어오면 저에게 전화 좀 해달라고 해주세요. 저는 계속 기다릴 거니까요. 계속.

그는 전화번호와 그녀의 이름을 채팅방 상단에 게시했다.

-비비안. 저는 그녀를 웨이안이라고 부릅니다.


쪽빛 하늘은 검푸른 바다 같았다. 그 위를 시커먼 구름이 뒤덮었다. PC방을 나오자 초가을 쌀쌀한 공기가 상쾌하게 느껴졌다. 굵은 빗방울이 뺨에 떨어졌다. 우박인지도 몰랐다. 그는 24시간 문을 여는 구멍가게에서 담배와 맥주 여덟 캔을 사 PC방 주인이 알려준 공중전화 부스로 갔다. 그리고 그곳에 웅크리고 앉아 그녀를 기다렸다.

거리에는 차들이 이따금 지나갈 뿐 행인은 거의 없었다. 누런 플라타너스 이파리만이 바람결에 이리저리 나뒹굴었다. 그는 술을 마시고 담배를 피웠다. 이 기다림이 따뜻하게 느껴졌다. 마치 웨이안에게서 받았던 위로처럼. 적어도 그렇게 앉아 있는 동안은 외롭지 않았다. 심지어 이 느낌 속에 계속 머물고 싶었다. 그렇게 두 시간이 지났다. 날이 밝아왔다. 유리에 얼굴을 기대고 앉은 그는 그만 울음을 터트리고 말았다. 얼마나 지났을까. 울음소리에 전화벨 소리가 뒤섞였다.


수화기 너머에서 부스럭 소리가 들렸다.

"웨이안, 안녕." 그가 말했다.

여자의 목소리가 들렸다. 맑고 달콤한 목소리가 영혼을 끌어당겼다. 지금껏 이렇게 아름다운 목소리는 들어본 적이 없었다. 여자가 피식 웃었다.

"나야."

눈물이 입속으로 흘러들었다. 그는 눈물을 삼켰다. 눈물이
짜다. 그가 잊고 있던 사실이었다.

"웨이안, 나 여기서 맥주를 여덟 캔이나 마셨어…… 담배
도 한 갑 피웠고…… 비가 오고……"

"전화 왜 하라고 했어?"

"모르겠어…… 그냥 당신이 보고 싶어…… 웨이안, 우리
만나자. 겉모습 따윈 상관없어. 나한텐 그냥 당신이 너무 소
중해."

그녀는 웃음을 터뜨렸다.

"무슨 소리야. 난 상하이가 아닌데."

"그럼 내가 그리로 갈게. 거기 어디야."

그녀는 도시 이름 하나를 말했다. 하지만 주소는 말하지 않
았다.

"난 너 안 만나." 그녀가 말했다.

"왜?"

"말했을 텐데. 나 상하이랑 상하이 남자한테 콤플렉스 있

어. 그냥 상상만 해보는 거지. 네가 날 아이스크림 가게에 데려가고, 상하이 서쪽 번화가에 있는 술집도 데려가고 말이야. 시작이 없으면 끝도 없을 거야."

"알겠어. 너한텐 완벽한 게임이 필요한 거구나. 그런데 난 이 게임에서 끝까지 살아남지 못하겠어."

"한 사람이라도 클리어하면, 이 게임은 완벽한 게 돼."


그가 유리를 타고 흘러내리는 빗방울을 보는 동안 희미하게 날이 밝아왔다.

"나, 곧 상하이를 떠나려고. 아마 호주로 가게 될 거야."

"어디에 있든 우린 온라인에서 만날 수 있어. 난 여기 계속 있을 거야."

"내 말 끝까지 들어줘."

그는 나지막이 말했고, 그녀는 잠자코 있었다. 수화기에 입을 가까이 대고 그가 말했다.

"고마워. 너와 함께 보낸 그 밤…… 새벽…… 나한테 남아 있던 10퍼센트의 사랑을 다할 수 있게 해줘서. 드디어, 이제 아무것도 안 남았어."

비자 수속을 마친 뒤 그는 웨이안이 있다는 도시로 갔다. 상하이에서 아주 먼 북쪽의 해안 도시였다. 채팅에서 이야기한 대로 짙푸른 바다는 끝이 없어 보였다. 그녀는 바다가 지구상에서 가장 맑고 따뜻한 눈물이라고 했다. 그녀는 바다 보는 걸 좋아했다. 그는 거리를 구경했다. 붉은 벽돌과 뾰족한 지붕의 유럽식 건물이 즐비했다. 오랜 시간이 쌓인 듯한 침울한 건물이었다. 거리는 온통 환하고 쾌적한 북방의 햇볕으로 가득했다. 가는 곳마다 예쁘고 늘씬한 미인들이 걸어 다녔다. 그는 자신을 스쳐 지나는 저 여자들 가운데 누군가가 그녀일지도 모른다고 생각했다.

"안녕, 웨이안."
그는 마침내 마음속으로 조용히 말할 수 있었다.

# 상처

뤄(羅)와의 인연은 그의 회사에서 대행 판매하는 제품의 광고를 우리 회사가 찍으면서 시작되었다. 나는 그 광고의 촬영 대본을 담당했다. 필요한 자료를 받으러 그의 회사에 간 날, 팀장과 회의하고 있는데 그가 들어왔다.

"안란(安藍) 씨죠? 제작하신 광고 봤습니다. 좋았어요."

그는 북쪽 지방 억양이 강한 보통화*를 썼다. 사람을 대하는 눈빛이 거침없었다. 자기 분야에서 어느 정도 권위를 가

---

* 베이징어를 기준으로 한 중국의 표준어.

진 남자라면 으레 그렇듯이. 나는 그의 눈빛을 마주하는 몇 초간의 기 싸움에서 밀리면 안 된다는 생각을 했다. 잠시 후 그는 아무 말 없이 자리를 떴다.

나는 잘생긴 남자를 좋아한다. 밝히는 여자랄까. 구미가 당기는 남자는 딱 두 부류다. 똑똑하거나 꽃미남이거나. 뤄는 체형은 슬슬 무너지는 듯했지만, 턱선만은 아직 날카롭게 살아 있었다. 분명 젊은 시절 한가락 했을 외모였다.

자료를 품에 안고 엘리베이터에 몸을 실은 뒤 그의 손을 떠올렸다. 36층에서 1층으로 내려오는 짧은 시간 동안 '그렇게 길고 가느다란 손가락이 어루만져주는 느낌은 어떨까' 하고 잠깐 상상에 빠졌다가 이내 엘리베이터 거울을 보며 씩 웃었다.

"안, 너 왜 자꾸 웃는 거야?"

차오(喬)가 내게 물었다. 우리는 열여섯 살이 되던 해에 명문고에 입학했다. 교내 합창 대회를 앞두고 매일 노래 연습을 반복하던 여름이었다. 무더위가 기승을 부리던 어느 날 오후, 졸음과 사투를 벌이는 노랫소리가 텅 빈 강당에 울려 퍼졌다. 나는 갑자기 웃음이 새어 나왔는데, 시간이 갈수록 진정되기는커녕 웃음을 참느라 애쓰는 내 상황이 또 너무 웃겨서 결국 이상한 소리를 내고 말았다.

선생님이 몇 차례 주의를 주었지만, 노래를 처음부터 다시 시작할 때마다 여지없이 웃음보가 터지는 바람에 연습이 계속 끊겼다.

"안란, 내려와. 너 도대체 왜 그러는 거야? 비장하게 불러야 하는 곡인데 장난이나 치고 말이야!"

화가 머리끝까지 난 선생님이 나를 대열에서 끌어내려 꾸짖었다. 결국 나는 합창 대회 참가 자격을 박탈당하고 말았다.

대회 날 대강당은 빈자리 없이 사람들로 꽉 찼다. 합창 순서가 된 반이 자리에서 일어나 무대로 나갈 때마다 한 구역씩 돌아가며 자리가 비었고, 빈 의자들 가운데 혼자 덩그러니 앉아 있는 내 모습이 강당 창문을 뚫고 들어온 햇살에 도드라졌다. 내 쪽을 돌아보는 다른 반 학생들의 눈길을 외면하며 나는 마치 호기심 어린 눈빛을 반사하는 차가운 유리가 된 기분에 휩싸였다.

그때 내가 왜 웃었는지 차오가 물었다. 나는 그저 서서 잠을 자는 아이들의 모습이 갑자기 머릿속에 그려졌을 뿐이었다.

상상이 뭐가 나쁘다는 건지 도무지 이해할 수 없었다. 그건 혼자서 조용히 즐거울 수 있는 나만의 비법이기도 했다. 그 학교에 대한 기억은 어쩌면 빈 의자들 사이에 우두커니 앉은 내게로 쏟아지던 수많은 눈빛에서부터 시작되는지도 모르겠다.

나는 어려서부터 남의 비위를 맞출 줄 몰랐다. 이혼 이후 성격이 포악해진 엄마와 나는 서로에게 전혀 위안이 되어주지 못했다. 나는 걸핏하면 엄마에게 두들겨 맞았는데, 맨손으로 때리는 건 물론이고 밀대든 옷걸이든 그녀의 손에 집히는 것은 뭐든지 무기가 되었다. 나는 엄마가 말하는 방식이 싫었다. "잘못했다고 말해. 그럼 안 때릴게" 식이었다. 그럴 때 내 유일한 대답은 침묵이었다. 때로는 "우는 시늉이라도 해. 그럼 안 때릴 테니까"라고 했지만 나는 끝까지 눈물을 흘리지 않았다.

이런 싸움은 이웃이 와서 말려야 끝이 났다. 그때마다 린(林)의 엄마가 와서 나를 데려가곤 했는데, 나는 그 집에서 사과를 먹으며 엄마가 퍼붓는 욕설과 울부짖음을 무심히 들었다. 어떻게 해야 엄마가 즐거워할지 전혀 알 수 없었다. 하지만 그건 나의 잘못은 아닌 것 같았다.

뛰어난 피부 회복력을 타고난 덕분에 약을 바르지 않아도 며칠만 지나면 웬만한 상처는 다 나았다. 종종 피부를 만지면 소리가 났다. 언젠가의 체육 수업 시간이었다. 그날도 엄마에게 맞아 걸음을 제대로 걷지 못할 정도로 다리가 퉁퉁 부어 있었다. 선생님 눈에 띄고 싶지 않았던 나는 소리 없이 이를 악물고 운동장 가장자리로 한 걸음 두 걸음 걸어갔다. 절대 선생님에게 상처를 들키고 싶지 않았다. 상처는 추하고 부끄러운 것, 그래서 숨겨야 하는 것이니까.


린은 매주 토요일 오후 학교 정문에서 나를 기다렸다. 그는 시내 중심가에서 교외에 있는 우리 학교까지 낡은 자전거를 타고 왔는데, 긴 다리를 한쪽으로 짚고 서서 담배를 피우는 그 모습은 오가는 여학생들의 시선을 모으기에 충분했다. 차오는 내가 왜 그런 직업학교 출신의 남자애를 사귀는지 이해하지 못했다.

"그야 물론 잘생겼으니까."

"넌 너무 본능적이야."

내 대답에 차오가 웃으며 한마디 했다. 나는 차오의 농담에 익숙했다. 린과의 감정 또한 마찬가지였다. 그때 그는 이미 학교를 나와 일하고 있었다. 도로에서 동떨어진 외진 항구에 주유소를 차린 것이었다. 유조선에 기름을 넣으며 남는 시간에는 술을 마시고 카드를 치고 노래방을 전전했다. 그런 생활은 더 높은 목표를 좇지 못하게끔 늘 그의 발목을 잡았다. 하지만 나는 그와 함께 있는 시간, 예고 없이 나를 번쩍 들어 올려 공중으로 던진 뒤 비명 지르는 나를 구경하곤 하던 그의 장난, 고양이처럼 내 목덜미에 슬그머니 올려놓던 그의 크고 따뜻한 손에 익숙했다.

차오에게 이런 이야기를 다 할 수는 없었다. 린의 집에서 아주머니가 사과를 깎는 동안 그는 내게 아무 말도 걸지 않았지만, 집에 있던 모든 만화책을 내 옆으로 가져와 쌓아놓곤 했다.

차오는 선배 오빠에게 받은 편지를 야간 자율학습 시간에 살그머니 내게 보여주었다. 차오는 사랑이 흐르는 물가에서 치맛자락을 살짝 치켜든 채 즐거워하고 있었다. 조심조심 수온을 살피며. 반면 나는 무언가에 빠져들기를 좋아했는데, 심지어 내 의지와 상관없이 푹 빠져버리기도 했다.

뭐의 회사는 그 광고 건으로 그 후에도 여러 번 방문했다. 마지막으로 간 날은 퇴근 시간이 임박해서야 최종 확정안이 나왔는데, 마침 전 직원이 부사장의 생일을 맞이해 회식을 하러 나가려던 참이었다. 뭐는 내게 같이 가자고 했지만 나는 거절했다.

엘리베이터를 기다리는 동안 뭐는 내 옆에 가까이 섰다. 별다른 말을 하지는 않았다. 사람들로 꽉 찬 엘리베이터는 가벼운 농담이 오갔다. 나는 벽에 바짝 붙어 섰는데, 이때도 뭐는 내 바로 옆에 있었다. 엘리베이터가 32층에 멈추었을 때 갑자기 그가 내 손을 잡았다. 따뜻한 손이 내 손을 덮치더니 가만히 오므린 다음 손바닥으로 감싸 안았다. 나는 그의 얼굴을 보지도, 손을 빼지도 않았다. 다른 사람들 눈에는 아무 관계도 아니었지만, 우리의 손가락은 깊숙이 뒤엉켰다. 그는 침묵 속에서 내 손가락을 어루만지며 그 감촉을 진지하게 음미하는 듯한 모습이었다.

문이 열리고 닫히기를 반복하던 엘리베이터는 1층에 도착하자 사람들을 쏟아냈다. 그 가운데 뤄는 내 손을 놓고 인사한마디도 없이 훌쩍 가버렸다.

손에 남은 축축한 땀을 치맛자락에 쓱 문질러 닦았다. 직접적이나 감정을 드러내지 않는 그의 방식은 나의 방식과 닮아 있었다.


"안, 너는 꼭 식인 식물 같아. 생긴 건 위협적이지 않은데 누가 너에게 다가서는 순간 독을 쏘잖아. 상대방이 아예 손쓸 새가 없도록."

어느 날 차오의 말에 나는 "그런가?"라고 응수했지만, 정말 내가 그런지는 알 수 없었다. 나는 사람들 사이에서 나를 잘 드러내지 않는 성격이었으며, 내 눈빛은 늘 무심하고 차가웠다. 나는 졸업 후에도 이 낯선 도시를 떠나지 않고 그간의 삶을 그대로 이어갔다. 제대로 된 남자친구도 없었다. 잘생겼거나 똑똑한 남자는 좀처럼 만날 수 없었다. 가끔 우연히 내 상상 속의 남자, 그러니까 짧은 머리에 코듀로이 셔츠, 끈을 묶는 스웨이드 구두 차림의 남자를 길에서 마주칠 때면, 그에게 다가가 "안녕하세요. 하루 잘 보냈어요?" 하고 말을 건 뒤, 함께 이야기를 나누고, 밥을 먹고, 산책하고 섹스까지 할 수 있을지를 생각해보곤 했다. 상상하는 사이에 그는 늘 온데간데없이 사라졌지만, 한순간이나마 5센티미터 거리를 두고 그와 함께 있었다는 사실은 위안이 되었다.

다행히도 내게는 일이 있었다. 고층 빌딩 통유리창 앞에서 거리와 행인들을 내려다보거나 한 손엔 커피잔, 다른 손엔 펜을 든 채 기획안을 짜며 여덟 시간을 보냈다. 저녁에 샤워하고 잠이 잘 오는 책을 조금 읽다 보면 하루가 또 지나갔다.


물론 이제는 뤄와의 데이트도 있었다. 그는 해 질 무렵 우리 회사로 종종 전화를 걸어 저녁을 먹자고 했다.

그는 주로 비싼 음식점에 나를 데려갔다. 호텔 레스토랑이나 특색 있는 맛집도 갔지만 가장 많이 간 곳은 일식집이었다. 담백한 음식과 정갈한 그릇, 따뜻한 조명 등으로 뤄는 내 취향을 만족시켰다. 창밖에 밤이 찾아올 때쯤이면 음식점은 손님들로 가득 찼다. 어느 날은 그 그릇들을 자세히 살펴보았다. 활짝 핀 꽃들이 우아하면서도 거침없이 그려져 있었는데, 꽃봉오리는 하나도 보이지 않았다.

"일본인은 미(美)와 슬픈 감정을 절대적으로 추앙하는 것 같아요. 가와바타 야스나리나 우키요에, 꽃이 눈처럼 흩날리는 풍경 같은 걸 보면 그렇잖아요."

뭐는 잘 알지도 못하면서 내가 자못 진지하게 늘어놓는 이야기를 귀 기울여 들어주었다. 항상 미소를 머금은 채 가늘게 뜬 눈으로 날 바라보던 그의 얼굴에는 따뜻함과 평온함이 서려 있었다. 그가 왜 내게 관심을 갖는지 알 수 없었다. 나는 예쁘지도 성격이 온화하지도 않았으며, 상대방의 비위를 잘 맞추지도 못했다. 그렇지만 그는 내게 맛있는 음식을 사주고, 내게 시간을 쓰고, 나를 받아주었다. 하지만 섹스를 하려 들지는 않았다. 나는 그가 어떻게 시작할지를 내내 지켜보았다. 그건 어쩌면 언제든지 일어날 수 있는 일인 동시에 아예 일어나지 않을지도 모르는 일이었다.

우리가 헤어지는 모습을 누가 봤다면 으레 서로 모르는 관계려니 했을 것이다. 나는 그를 돌아보지 않았다. 그러니 그가 나를 돌아봤는지 안 봤는지는 알 길이 없다.

깊은 밤 혼자 있을 때 가장 두려운 것은 불면증이다. 잠 못 드는 밤이면 기억이 마치 죽은 물고기처럼 혼탁한 수면 위로 떠오르며 썩은 내를 풍긴다. 귓가에는 창밖에서 휘몰아치는 바람 소리와 내 피부에서 나는 쓸쓸한 소리가 들리고, 추위가 뼈를 좀먹는다. 이것들은 한 번도 나를 떠난 적이 없었다.

내가 열다섯 살이 되었을 때 아빠가 재혼했다. 그날 밤 엄마의 매질은 그 어느 때보다 심했는데, 대나무 자가 쩍 하고 갈라지는 소리가 난 뒤에야 멈췄다. 엄마가 그 자리에 멍하니 서 있는 사이, 나는 신발도 안 신고 집을 뛰쳐나왔다. 가을바람이 쌀쌀한 날씨였다. 거리에 수북이 쌓인 낙엽을 딛고 달리는 내내 몸이 덜덜 떨리는 게 느껴졌다. 나는 귓가에 스치는 날카롭고 긴 바람 소리와 나뭇잎이 바스라지는 소리, 그리고 딱딱하게 굳은 채 계속해서 뛰는 심장 소리에 집어삼켜졌다.

린의 집은 다른 동네로 이사했지만, 내가 갈 수 있는 곳이라고는 여전히 그 집밖에는 없었다. 족히 열 정류장은 달렸을 것이다.

그날 저녁 린의 집 소파에 누워 있는데 너무 아팠다. 등에 약을 발랐는데도, 화상을 입은 것 같은 심한 통증에 와들와들 떨리는 몸이 멈추지 않았다. 살짝 린의 방문을 열고 들어갔다.

"린, 나 너무 아파."

그는 나를 안아주고 이불을 덮어준 뒤 머리를 쓰다듬었다.

"괜찮아질 거야. 다 좋아질 거야."

그래도 통증은 가시지 않았다. 나를 집어삼키는 그 아픔을 어떻게 해야 잠재울 수 있을지 알 수 없었다. 몸이 계속 떨렸다. 이윽고 린이 나를 확 끌어당겨 옷을 벗겼다.

"등 좀 보자."

그때까지 누군가에게 단 한 번도 상처를 드러내 보인 적이 없었던 나는 발버둥을 쳤다. 벗은 몸에는 많은 일들이 상처로 남아 있었다. 나는 필사적으로 숨을 참았다. 숨을 죽여야 그토록 달콤한 키스와 손길을 느낄 수 있을 것 같았기에. 내 살결은 그만큼 가난하고 외로웠다. 나는 린의 손길에 내 몸이 산산조각이 나기를 바랐다.

그토록 아프면서도 그가 멈추지 않기를, 그의 손길이 계속

되기를 바라고 또 바랐다.

이윽고 어둠 속에서 상처를 검사당하는 여자아이가 또 나타났다. 나는 벌떡 일어나 큰 컵 가득 차가운 물을 마시며 마음을 가다듬었다.


"결혼하고 싶어요. 누구 소개 좀 해줘요."

식사를 마친 우리는 거리를 걸었다. 곧 초등학교 5학년이 되는 딸에게 줄 선물을 사려는 뤄에게 나는 커다란 바비인형을 골라주었다. 금발 곱슬머리에 분홍색 치마를 입은 바비인형은 여자아이들의 세계에서는 단연 최고의 기쁨일 터였다.

"어렸을 때 좋아한 인형인가봐?"

그 큰 인형을 품에 꼭 안고 있는 내 모습을 바라보던 뤄가 웃으며 물었다.

'아뇨. 인형은 없었어요. 치마도, 사탕도, 날 만져주는 사람도 없었어요.'

나는 마구 떠오르는 말들을 입 밖에 내는 대신 결혼하고 싶으니 누구 좀 소개해달라는 말을 한 번 더 했다.

어슴푸레한 빛 속에서 나를 물끄러미 바라보던 뤄가 머뭇

머뭇 내 손을 더듬으며 물었다.

"뭐 때문에 결혼하고 싶은 거야?"

나는 씩 웃었다.

"아이를 낳고 싶어요. 더 빨리 늙고 싶고, 누군가와 함께 있고 싶어요."

말을 하는데 눈물이 흘렀다.


엄마는 재혼한 뒤로 성격이 퍽 온화해졌다. 내가 대학을 졸업할 무렵이었다. 무릇 여자를 변하게 하는 건 외로움이다. 나는 한순간에 그녀가 내게 가했던 모든 일을 용서했다. 내 몸의 상처도 흉터 하나 남지 않고 깨끗하게 다 나았다. 그사이 차오는 결혼을 했다.

"린이랑 진작 끝냈어야지. 그 애는 너랑 갈 길이 달라. 평범한 남자란 말이야."

내가 대학에 들어갔을 때 린이 나와 결혼하려 했다는 사실을 차오는 모른다.

우리가 마지막으로 만난 날이었다.

"우린 공통분모가 없잖아. 어쩌면 열다섯 살 때의 그날 밤이 우리가 만나온 유일한 이유인지도 몰라. 하지만 이제 다 컸잖아. 네 몸의 상처들도 없어질 거야. 넌 더 행복해질 거고. 넌 내 여자가 아니야."

린은 나를 살짝 밀어냈다. 바로 그 순간, 조금 전까지만 해도 윤기가 흐르던 내 온몸의 살결이 갈라지는 소리가 들렸다. 그리고 달빛 아래 적나라하게 드러난 내 등의 상처들이 보였다. 나는 그가 계속, 계속하기만을 원했다. 그토록 아프면서도 멈출 수가 없었다.

고개 들어 뤄를 바라보던 내 눈에서 눈물이 흘렀다. 나는 그에게 손을 흔들었다. 그리고 그 손으로 얼굴을 감쌌다.

맞선 보는 날, 함께 가주겠다는 뤄를 뿌리치고 퇴근 후 약속한 호텔로 향했다. 예쁘게 꾸며야겠단 생각에 립스틱은 무슨 색을 칠할지, 레이스 치마를 입을지 말지 고민을 해보기도 했지만, 결국은 늘 입던 주름치마를 입고 갔다. 심지어 핏기 없이 초췌한 얼굴에 건조한 입술이 달라붙어 입을 떼기도 편치 않은 상태였다.

그 남자는 어머니와 함께 로비 커피숍에서 기다리고 있었다. 모자가 아주 판에 박은 듯이 닮은꼴이었다. 뤄는 학벌, 직업 어느 모로 보나 조건이 좋은 남자니 내 앞날을 위해 잘 만나보라고 했다.

입가에 엷은 미소를 머금고서 그들의 맞은편에 앉았다. 나는 그런 상황을 어려워하는 사람이 아니었다. 어려서부터 감정을 드러내지 않는 데 익숙했다. 그 남자의 얼굴을 가만히 살펴보았다. 그의 눈, 그의 입술, 그의 손가락이 마음에 들지 않았다.

"안녕하세요. 하루 잘 보내셨어요?"

말을 내뱉는 순간, 우연히 길에서 마주쳤던 짧은 머리의 남자가 떠올랐다. 하지만 내 앞에는 곱슬머리 남자가 앉아 있었다.

'이 오동통한 손가락의 소유자와 평생 함께할 수 있을까?' 그의 손가락이 내 살결을 어루만지는 느낌을 상상하던 나는 얼굴이 씰룩대기 시작했고, 결국 점점 참기 힘들어지더니 이내 웃음을 터뜨리고 말았다.

이튿날 뤄가 만나자고 했다.

그날은 일본 청주를 마셨다.

"그 집 어머니가 나한테 뭐라고 한 줄 알아?"

취기가 올라 담배를 찾는 내게 뤄가 말했다.

"몰라요. 알고 싶지도 않고요."

뤄는 가벼운 한숨을 내쉬더니 내 머리에 손을 올려놓았다.

"너의 아름다움을 필요로 하는 사람이 없네. 그냥 혼자 살도록 해."

밤늦은 시각, 텅 빈 초밥집에는 묘하게 구슬픈 일본 노래가 흐르고 있었다. 곧 가을이 끝날 것 같은 느낌이 스쳤다. 매캐한 연기가 폐부에 들어오자 어렴풋한 쾌감이 일었다. 나는 머리를 풀었다.

"뤄, 나 좀 안아줘요."

"내 삶은 아주 정상이야. 너 때문에 망칠 수는 없지."

뤄가 나를 뚫어져라 쳐다보더니 말했다.

"한번 안아주는 게 삶을 망치기까지 하나요? 자기 마음을 그렇게 과소평가하지 말아요."

나는 웃으며 다가가 그의 뺨에 입을 맞추었다.

뭐는 손가락으로 살짝 내 턱을 들어 올리더니 내 눈을 지그시 바라보았다. 그가 말했다.

"왜냐하면 넌 상처가 보이는 여자거든."

# 텅 빈 도시

아침 일곱시, 기차가 역 플랫폼으로 느릿느릿 진입했다. 종착역이었다. 기차가 멈추기도 전에 사람들은 하나둘 문 쪽으로 몰렸다.

그녀는 주섬주섬 짐을 챙기다 거울을 꺼내 입술에 매괴유(枚瑰油)를 얇게 펴 발랐다. 거울에 비친 눈에는 피곤이 가득했다.

침대에 누워 눈을 붙이려 했지만, 기차가 낯선 지명의 역에 멈춰 설 때마다 창문을 뚫고 희부연 빛이 들어와 잠이 들다 깨기를 반복했다. 열여섯 시간의 여정이었다. 푹신한 침대차와 비행기는 가격이 비슷했다. 딱히 목적이 있는 여행은 아니었다. 도시 세 곳을 들러야겠다고 생각하고 떠났지만 그녀에게 필요한 것은 단지 여행 그 자체, 그러니까 길 위에 있다는 느낌이었다.

깊은 밤을 달리던 기차가 전장(鎭江)에 멈추자 주위가 시끌시끌해졌다. 코 고는 소리가 낮게 깔린 칠흑 같은 열차 칸, 그녀의 눈앞에 갑자기 그의 얼굴이 보였다. 그녀의 마음은 이미 그에 관한 어떤 기억도 깨끗이 지운, 눈으로 하얗게 뒤덮인 벌판이 된 지 오래였다. 그런데 그의 얼굴을 본 순간 그녀는 자신을 굽어보는 익숙한 기운을 느꼈다. 그의 눈을 어루만지려던 그녀의 손은 허공에서 그만 외롭게 굳어버렸다.

곧 자신이 깨어 있고, 몸은 땀으로 홍건해진 것을 알아차렸다. 목에는 땀에 젖어 끈적끈적해진 머리카락이 마구 들러붙어 있었다.

그의 도시에 왔다. 직접 와본 적은 없지만, 한때 사랑한 사람이 살았던 조그마한 도시. 그녀는 그가 자주 짓던 표정을 가만히 그려보다 불현듯 자신이 한순간도 그를 잊은 적이 없다는 사실을 깨달았다. 그동안 그는 그녀 마음속의 작은 주

68

름으로 접혀 있었을 뿐이었다. 어떻게 해도 다시 반듯하게 펴지지 않는 주름이었다.

벨소리가 울리면서 기차는 다시 먼 들판을 향해 흔들흔들 나아갔다. 3층 침대의 가운데 칸에 있던 그녀는 머리를 풀고 좁은 사다리를 타고 내려와 칸 끄트머리에 있는 세면실로 갔다. 수건에 차가운 물을 적셔 얼굴에 덮었다. 문득 거울 속 얼굴이 반쯤 시든 꽃송이 같았다.

불꽃이 양저우의 3월 하늘을 수놓자 옛 시 한 구절이 떠올랐다. 그녀에게 그 구절은 항상 작별 인사였다. 자신이 어디로 가고 있는지 알지 못하는 그녀에게 기차표에 적힌 도시 이름은 작은 위로였다.

그녀는 와서 얼굴 좀 보여달라는 예(羿)의 말 한마디에 기차표를 사려고 폭풍이 몰아치는 거리로 나섰다. 거센 바람에 맞서 춥고 황량한 도시를 걷는 자신의 모습은 마치 날개를 접지 못하는 새와 같았다. 그녀는 갑자기 피로를 느꼈다.

가방에 챙겨 넣은 거라곤 면 셔츠 몇 장과 마그리트 뒤라스 전기가 전부였다. 대체 왜 그 먼 곳에 가려는지 그녀 자신도 잘 알지 못했다. 마음이 편한 곳을 찾아 계속 도망치는 걸까? 예에게 바라는 게 없기 때문일까? 아니면 예가 전화로 "넌 누군가의 보살핌이 필요한 아이야"라고 은근히 말했기 때문일까?

그나마 책이 유일한 동반자가 되어주었다. 졸음이 덮칠 때면 그녀는 차가운 책장 위로 손가락을 떨궜다.

사람들을 따라 복도를 지나 출구에 이르자 쏟아지는 햇살에 살짝 현기증이 났다.

그 햇살 아래 예가 웃는 얼굴로 그녀를 지켜보며 서 있었다. 그들은 한눈에 서로를 알아봤다. 그녀는 검표원에게 표를 건넸다. 그가 멘 검은색 캔버스 가방이 눈에 들어왔다. 상하이에서 프로그래밍을 할 때, 회사에 출근할 때 항상 그와 함께였던 가방이었다. 그는 늘 그 가방에 참고서와 펜을 넣고 다녔다.

그들은 상하이에서 처음 만났다. 그날 밤 차가운 보슬비가 떨어지자 그가 굼뜬 동작으로 가방에서 접는 우산을 꺼내 그녀에게 건넸다. 하지만 그들은 그 우산을 쓰는 대신 크리스마스 분위기로 넘쳐나는 화이하이로를 비를 맞으며 걸었다. 그녀가 기억하는 그는 진지한 사람이었다. 이것도 벌써 1년 전의 일이다.

그녀 어깨에 걸쳐 있던 가방을 내리던 예가 "살이 빠졌네"라고 말했다. 미소를 머금고 서 있던 그는 되려 몸이 좋아져 있었다.

상하이에서 일에 치여 살던 그는 고향에서 여유를 되찾은 모양이었다. 출근하지 않고 회사에서 필요로 하는 프로그래밍을 그때그때 해서 보내면 되었다. 저녁에는 도서관에 가서 책을 읽었다. 그는 상하이에 있을 때보다 훨씬 편안하다고 했다. 확실히 상하이는 그의 취향이 아니었다.

그들을 태운 택시는 낯선 도시의 넓은 도로를 거의 날다시피 내달렸다.

"이 길 참 예쁘지? 길 양쪽으로 죽 늘어선 나무들 좀 봐."

그의 말에 그녀는 고개를 돌려 쏟아지는 햇볕을 고스란히 쬐고 있는 나뭇잎을 바라보았다.

"피곤해?"

그는 그녀를 살피며 머뭇머뭇 말을 이었다.

"지난 1년 동안 네가 잘 지내는지 어쩌는지 통 알 수가 있어야지. 네가 연락을 끊어버렸으니까…… 그래도 우린 여전히 좋은 친구야."


여행 전날 밤 그녀는 멀리 사는 또 다른 친구의 전화를 받았다. 야심한 시각이었다.

"일주일이나 또 어딜 가려는 거야? 돌아오면 더 힘들어질수도 있어."

"외로움으로 썩어 문드러질까봐 그래. 뿌리부터 조금씩 썩어가는 것 같아서 햇빛 좀 쐬려고."

"근데 왜 날 보러 오지는 않는 거야?"

수화기 건너편의 그가 말했다.

"네가 날 궁금해하기 때문이야. 나한텐 위로가 필요하거든."

이렇게 말하는 그녀의 얼굴에 잔잔한 미소가 번졌다. 그가말뜻을 알아들었으리라 여겼기 때문이었다. 그녀는 자신에게 조금이라도 기대를 하거나, 자신을 궁금해하는 사람과의 만남을 꺼렸다. 그건 너무 피곤한 일이었다.

반면 예는 그렇지 않았다. 그는 그냥 친구였다. 검은색 캔버스 가방을 메고 상하이 음악학교 앞의 플라타너스 아래에 서 있던 그 모습은 그저 편안했다. 그녀는 그 평범함에서 어떤 안전함을 느꼈다.

"내겐 이런 단순한 것들이 가끔 필요했을 뿐인데."

"알아."

그녀에게는 시간이 많았고, 더 먼 곳으로 갈 수도 있었다. 하지만 평범하면서 안전하다는 느낌을 주는 선택지는 많지 않았다.

예의 집에 들어서자 벽에 걸린 천사 목각인형이 보였다. 그가 화이하이로의 작은 선물가게에서 그녀에게 크리스마스 선물로 주려고 산 것이었다.

"맘에 들어?"

목각인형의 새하얀 날개를 쓰다듬는 그녀에게 그가 물었다. 그 자리에 걸린 지도 이미 꽤 된 터였다.

그녀는 그에게 연락을 하지 않았고 자신이 나타나 그에게 또 상처를 줄까 염려했다.

  그러나 한편으로는 그가 자신을 용서하리라 믿었고, 그래서 마음껏 이기적일 수 있었다.


  택시는 아파트 앞에 멈춰 섰다. 조용한 주택가였다. 방 두 개에 거실 하나인, 딱히 크지는 않았지만 주방과 화장실이 깨끗한 집에서 그는 혼자 살았다. 거실에는 오래된 냉장고와 마찬가지로 오래된 컴퓨터가 있었고, 두 방에는 일인용 침대가 하나씩 놓여 있었다.

  "아무 데나 너 자고 싶은 방에서 자."

  침대에는 햇볕에 잘 마른 파란색과 흰색의 체크무늬 침대보가 씌워 있었다. 단순하면서도 세련된 분위기가 그녀의 집과 사뭇 대조적이었다. 그녀도 혼자 살긴 했지만, 잡다한 책들과 CD가 널찍한 침실 여기저기에 늘 쌓여 있고, 한쪽 벽면은 그녀의 흑백사진을 넣은 오래된 나무액자들로 가득했다. 창턱에는 초록색 식물이 심긴 화분들과 천으로 된 곰 인형, 각종 목각인형들이 너저분하게 놓여 있었다. 물론 그 틈에 컴퓨터도 있었다. 그 방에서 모자란 것은 사람뿐이었다.


74

"혼자 지내는 거 외롭지 않아?"

"좋기만 한데? 책도 보고, 인터넷도 하고. 그런데 네가 여기 오래 있으면 좋겠어."

이튿날 그녀는 난징으로 가야 했다. 이곳에는 1박 2일 동안만 머물 예정이었다. 신발을 벗고 거실을 한 바퀴 둘러보던 그녀는 집도, 차분하고 진지한 그 남자도, 텅 빈 일상도, 모두 마음에 들었다.

잠시 후 그들은 거리로 나갔다. 상권이 발달한 도시는 아니었다. 햇살 아래 거리를 걷는 사람들의 얼굴에는 느긋함을 넘어선 나태함이 묻어났다. 상하이의 번잡스러움과는 비할 수 없는 평온함과 여유가 느껴졌다.

"네가 상하이를 왜 좋아하는지 도무지 모르겠어. 물도 공기도 더러운데 말이야."

"난 상하이 콤플렉스가 있거든. 왜인지는 모르겠지만……지하철 플랫폼에서 만나는 사람들은 늘 차가운 얼굴로 어딘가를 향해 바삐 가고 있어. 다들 외로움이라는 투명 외투를 걸치고서. 그 모습이 꼭 심해를 가르는 물고기처럼 보여. 제각각 자기 일을 하지만 언제 죽을지 모르는 연약한 존재들이지."

그녀는 낯선 사람을 관찰하며 그들의 생각을 짐작하고 추측하기를 좋아했다. 그런 그녀에게 특이할 것 없는 평범한 도시란, 기대를 야금야금 집어삼키는 잔잔한 호수와 같았다.

번화가를 거닐던 그들은 더우장* 가게에 들어가 여유로운 시간을 보냈다. 뜨거운 더우장을 한 잔씩 마시며 이런저런 이야기를 나누고, 거리로 쏟아지는 햇살과 인파를 말없이 바라보기도 했다. 옛 친구들 이야기도 나왔다. 그중 대부분은 선전으로, 베이징으로, 또 시안으로 삶의 터전을 옮긴 모양이었다. 삶이란 것은 새들이 이동하는 것과 같았다. 그는 다른 곳으로 또 옮겨갈 거라며, 삶은 늘 다른 곳에 있다고 했다.

그들은 채팅방에서 알게 된 사이였다. 누구나 인터넷에 입문할 때는 채팅방에서 별의별 일을 겪는다. 그녀에게는 이제

---

* 중국식 두유.

잘 떠오르지도 않는 기억이다. 채팅방을 헤집어놓고 감쪽같이 사라져버린 일 말이다.

"우리 채팅방에서 처음 만났을 때 기억 나? 그때 밤새 수다 떨었잖아. 베이징 아지(阿吉)도 있었고."

"기억 나."

그녀가 웃으며 대답했다.

"근데 너는 그날 이후 다시는 안 들어오더라."

"그때 그 방에 있었던 사람들이랑 전부 연락을 끊었어. 그냥 사라져버리고 싶었어."

"왜?"

"모르겠어. 지겨웠나봐. 지겹고, 허무했던 것 같아. 네가 유일하게 남은 사람이야."

그녀가 빙긋 웃으며 그를 보았다.

"나랑도 연락 끊었었잖아."

그가 답답하다는 듯이 말했다.

"우린 모두 마음대로 할 수 있는 자유가 있어. 그래도 이번에 너 보러 천 리 길을 달려왔잖아. 멀리 있는 내 친구니까. 나 아무와 쉽게 친구할 수 있는 사람 아니야."

그녀는 성황사에서 전기 그릴 양고기 꼬치를 호기심 어린 눈으로 바라보았다.

"먹어봤어?"

그녀는 고개를 가로저었다. 평소 채식을 하는 그녀가 웬일인지 어린아이처럼 신나 하며 동전을 꺼내 꼬치 하나를 시켰다.

매운 고춧가루와 계핏가루가 잔뜩 뿌려진 꼬치는 매우 뜨거웠다. 그들은 사람들로 복작복작한 가게 구석에 서서 철꼬챙이에 붙은 고기까지 남김 없이 먹어 치웠다. 이런 떠들썩한 일상은 마치 새하얗고 깔끔한 그녀의 손등처럼 고요한 일상과는 거리가 멀었다.

그녀는 문득 자신을 비판하는 편지를 줄기차게 보내던 한 사람을 떠올렸다. 장문의 글에는 그녀에 대한 불만이 가득했다. 불현듯 그가 그렇게 하는 데에 상당한 에너지를 쏟았겠다는 생각이 들었다. 그는 발표된 그녀의 모든 글을 수집해 아주 작은 부분까지도 분석하고 연구했다. 누구에게도 좀처럼 회신하지 않는 그녀였지만, 그에게는 "이렇게 많은 글을 써주셔서 고맙습니다. 즐겁게 지내시기를 바랍니다"라고 짤막한 편지를 보냈다. 만약 똑같은 힘과 시간을 들여야 한다면, 자신은 차라리 누군가를 기쁘게 하는 편을 택하겠다고 생각했다. 그게 자기 마음에도 더 좋을 것 같았다. 그러나 웬만해서 그녀는 할 말이 없을 것이었다.

예는 항상 그녀가 자유롭고 평온하게 지내도록 배려했다. 할 말이 있으면 하고, 먹고 싶은 게 있으면 먹으라고 했다. 그는 결코 자기중심적이거나 허세가 있는 남자는 아니었다.

"넌 가장 좋아하는 일이 뭐야?"

그녀는 잠시 고개를 갸웃하다 대답했다.

"공포영화 보는 거 좋아해."

"나랑 똑같네. 우리 VCD 사러 갈까?"

그가 웃음을 터뜨리며 말했다. 그들은 수북이 쌓인 해적판 VCD 더미에서 할리우드 영화 세 편을 골랐다.

그날 저녁 그녀는 집에서 밥을 해 먹자고 했다. 그녀는 외식을 좋아하지 않았다.

"귀찮지 않아?"

"괜찮아. 친구 몇 명 불러서 밥 먹고 카드 게임 할래?"

장을 보러 나선 그녀의 머릿속에는 이미 메뉴가 다 정해져 있었다. 그녀는 양배추, 생선, 토마토, 두부, 버섯, 무, 콩을 사서 낑낑거리며 들고 나오다 다시 시장에 들어가 고구마와 찹쌀 경단을 더 샀다. 그녀는 카드를 치고 야식으로 과일 수프를 먹자고 했다.

해 질 무렵의 부엌, 그녀는 앞치마를 두르고 두 사람은 분주히 움직였다. 그는 씻기와 썰기를 맡았다. 창문 너머로 맞은편 집의 환한 불빛이 보였다. 어둠 속에 떠 있는 그 따스한 불빛에서 떠들썩한 말소리와 음식 냄새가 전해졌다. 그녀는 거센 불길 위에 놓인 커다란 팬에 손질한 재료를 볶으며 그와 주거니 받거니 이야기를 나눴다. 그는 남방 출신 남자답게 집안일에 능숙했다.

그에 대한 마음이 담담했으므로, 그녀는 그의 앞에서 따뜻하면서도 평범한 여자 역할을 할 수 있었다. 글쓰기와 떠도는 삶을 포기하고 한 남자 옆에서 이렇게 소소하고 평범한 일상을 보낼 수 있기를 수도 없이 갈망했다. 그러나 그것은 어디까지나 정말 사랑할 수 있는 사람을 만났을 때 해당하는 이야기였다.

반면 그녀를 바라보는 그의 눈빛에는 애잔함이 깃들어 있었다.

"정상적인 삶을 살아야 해. 외롭지 않은 삶, 떠돌아다니지 않는 삶 말이야."

그녀는 그릇에 콸콸 쏟아지는 수돗물을 응시했다. 어쩌면 이리저리 외롭게 떠돌아다니는 시간이 길어지면서 정말 두려워진 건지도 모른다.

"왜 갈 곳이 없다고 생각해?"

예가 웃는 얼굴로 그녀를 보며 말했다.

"걔들이 너와 결혼할 거냐고 묻더라. 나는 할 수 있으면 좋다고 했지."

"한번 생각해보면 어때?"

"그릇 어디에다 둘까?"

그녀가 화제를 돌렸다.

뒷정리를 깔끔하게 끝낸 그녀는 보온 물주머니를 씻었다. 유난히 추위에 약한 그녀였다. 겨울이 되면 몸속 찬 기운이 으슬으슬 퍼지며 피가 점점 느리게 흐르는 것 같았다. 그녀는 평소에 쓰던 폼클렌저가 없어 존슨즈 유아용 비누를 사러 마트에 갔다가 장미차를 샀다. 한 송이 한 송이 햇볕에 잘 말린 장미 꽃봉오리에 뜨거운 물을 부으면 이내 싱그러운 향이 진하게 피어났다.

그는 방에서 인터넷을 하고 있었다.

"메일 확인할래?"

"됐어."

그녀는 그쪽으로는 쳐다보기도 싫었다. 컴퓨터는 전자파를 내뿜으며 얼굴의 핏기를 앗아가는 기계라고 혐오하는 그녀였다.

"잘 자."

"너도 푹 자."

그가 얼굴을 살피며 말했다.

그녀는 옆방으로 건너갔다. 작지만 깔끔하게 정돈된 방이었고, 닫힌 창문 너머로 객지의 깊은 밤하늘과 은백색 달이 보였다. 창문을 열자 서늘한 바람이 불어 들어왔다. 그녀는 침대 옆 탁상용 전등을 켜고 그 앞에 장미차를 놓았다. 방문은 잠그지는 않고 그냥 닫아만 두었다. 그녀는 그를 믿었다. 그의 도시, 그의 집, 그의 침대에 있다 해도.

예의 방에서는 아무 소리도 들리지 않았다. 아마 자려고 누운 모양이었다.

'한번 생각해보면 어때?'

그가 물었다. 예는 진지하고 순박한 남자다. 그를 처음 만난 순간부터 그녀의 마음속에는 이미 명확한 경계선이 그어져 있었다. 예는 그녀의 마음을 평온하게 만드는 남자였다.

그녀는 지하철에서 마주치는 잘생긴 남자가 좋았다. 그녀에게 무관심하며, 멀리 떨어져 있는 남자는 온갖 상상의 여지와 열정의 가능성을 안고 있었다. 그녀는 다가갈 수도, 이야기를 나눌 수도, 껴안을 수도 없는 대상이 좋았다.

'평범한 결혼을 할 수 있을까?' 그녀는 자기 자신에게 물어보았다. '할 수 있다면 이렇게 멀리까지 오지도 않았겠지.'

예가 정상적인 삶을 사는 밝은 남자라면, 그녀는 오랜 시간 어둡고 혼란스러운 나날을 보내온 여자다. 그녀는 그에게 행복을 주지 못할 것이었다. 마찬가지로 그는 그녀의 열정을 불러일으키지 못할 것이었다. 따라서 생각할 필요가 없는 문제였다. 그녀는 침대에 누운 채 몸을 잔뜩 웅크렸다.


이튿날 그녀는 일찍 잠에서 깼다. 머리를 감고 나오자 방에

은은한 샴푸향이 번졌다. 간밤 잠자리는 편안했다. 늘 꾸던 악몽도 꾸지 않았다. 그녀는 셔츠를 입고 주방으로 가 죽을 쑤고 우유를 데웠다. 두 사람이 함께 지내면 적어도 상대방을 위해 무언가를 해주려 신경을 쓰게 된다. 혼자 지내면 자유로운 만큼 자기 자신에게도 무관심해지기 일쑤다. 평소의 그녀는 해가 중천에 뜬 대낮에 일어나 대충 허기를 해결하고 나머지 시간은 그냥 되는 대로 보냈다. 생활에 규칙이란 건 없었다.

곧 예도 일어났다.

"우리 얘기 좀 할까?"

"그래."

꽤 심각한 표정의 그를 보면서도 그녀는 미소를 지었다.

"네 인생에 대해 진지하게 한번 생각해봐야 할 것 같아. 일을 구하든지, 아니면 나랑 결혼해."

"나도 생각 중이야."

그의 말에 그녀는 약간 짜증이 났다. 이 문제를 또 꺼내는 것이 싫었다. 자신의 이기적인 행동에도 책임감이 있다고 생각했기 때문이다. 자신이 나타나면 그가 혼란스럽거나 상처를 받으리라 진작 예감했었다. 아마 그녀에게 필요한 건 단지 친구였을 것이다. 어떠한 두려움이나 열정도 일으키지 않을, 호기심도 없고 기대도 없이 그저 평온하고 안전하게 함께 지낼 수 있는 친구 말이다. 같이 밥을 해 먹고 거리를 걷고 이야기를 나누는 남자인 친구가 필요했다.

"아침 먹어."

그녀는 이렇게 말하며 약간의 미안함이 담긴 눈으로 그를 힐끔 보았다. 그녀는 항상 누군가에게 상처를 줄 수 있었으며, 그 대상은 그녀 자신이 될 수도, 남이 될 수도 있었다. 그런데도 예는 그녀의 곁에 있기를 원했다. 그녀는 이 도시에 있는 내내 즐거웠고, 밝고 정상적인 생활을 영위했지만 행복의 함의에 대해서만은 한시도 의구심을 떨칠 수 없었다.

"완두콩, 네가 잘 지내는 것 같지가 않아."

그는 채팅방에서 쓰던 닉네임으로 그녀를 불렀다. 소꿉친구처럼 따뜻하게.

그녀가 창밖의 햇살을 무심히 바라보며 답했다.

"다 지나가기 마련이야. 잘 지내든 못 지내든. 내 걱정 하지 마. 난 늘 약하면서도 강하니까."

그날 오후 그녀는 난징행 고속버스를 탔다.

"잡을 수 없다는 거 알아."

"원래 가기로 했던 거잖아. 나도 네 집에서 계속 지내고 싶어. 그 집이 참 좋아."

"나중에 늙고 힘 빠지면 다시 와."

그가 웃었다. 그의 말에 그녀도 웃었다. 무릇 현실이 될 수 없는 말은 아름답게 들린다. 그녀는 짐을 챙기며 그가 행복하기를 바랐다. 긴 여행을 하다 보니 어느 순간부턴가 집 없이 지내는 생활이 익숙했다. 그녀는 장미 꽃봉오리를 말린 차를 챙겼다. 아직 다 자라지 못한 채 끊겨버린 사랑처럼 가장 깊은 곳의 향기를 그대로 머금은 채 말라버린 그 차가 마음에 들었다. 집을 나서려는데 갑자기 보슬비가 내렸다.

"왜 하필 가는 날 비가 내리는 거야?"

"더 머물지 말라고."

그녀의 불만 섞인 농담을 그가 받아쳤다.

그가 모는 오토바이는 번개처럼 질주했다. 살을 에는 듯한 바람 사이사이로 빗방울이 얼굴을 때렸다. 뿐만 아니라 숨을 틀어막는 속도감이 그녀를 덮쳤다. 그러나 광야를 총알처

럼 나는 것은 쾌감이기도 했다. 사람들의 피를 끓게 하는 욕
망과 닮은 느낌이었다. 모든 것은 한순간일 뿐이다. 질주하는
오토바이에서 올려다본 회백색 하늘은 한쪽으로 기울어진
듯했다.


그녀는 터미널에서 두툼한 《난팡저우모(南方周末)》*와 생
수 한 병을 샀다. 버스에서 두 시간을 보내는 그녀만의 방법
이었다.

"난징에 도착하면 마중 나올 사람은 있어?"

그녀를 지켜보던 예가 물었다.

"응"이라고 대답했지만, 사실 그녀는 펑(楓)에게 연락하지
않았다. 일단 도착하고 연락할 생각이었다. 펑은 그녀와 가장
막역한 친구였다.

"난징에서 일자리를 구할 수 있으면 좋겠는데 말이야. 난
징은 상하이만큼 경쟁이 치열하지 않으면서도 있을 건 다 있
잖아. 너한테 잘 맞을 거야. 내가 종종 보러 갈 수도 있지. 아

---

* 광저우 시에 본사를 둔 진보 성향 주간지.

니면 네가 일단 난징에 있으면서 우리가 선전이나 다른 도시로 가는 방법을 알아볼 수도 있고 말이야."

예의 말에 그녀는 빙긋 웃기만 했다. 지금까지 그저 발길 닿는 대로 떠돌아다닐 뿐, 삶에 대한 계획을 세워본 적이 없었다. 이렇게 느슨하게 사는 게 몇 년째인지도 가물가물했다. 그녀가 일을 구하려는 경우는 오직 머릿속의 복잡한 생각을 지우고 싶을 때뿐이었다. 그녀는 아무 생각 없이 사는 편이 차라리 행복하지 않을까 생각했다. 사실 좀 지치기도 했다. 그녀에게는 인터넷보다 요리가 더 즐거운 일이었다.

버스에 올라탄 그녀는 젊은 남자의 옆자리에 앉았다. 그는 그녀가 창가 자리로 들어갈 수 있도록 살짝 무릎을 비켜주었다. 자리에 앉은 그녀가 창밖에 서 있는 예에게 이만 들어가라고 손짓했다. 거세진 빗줄기가 그의 뺨에 떨어지고 있었다. 이내 버스가 움직이면서 예는 눈앞에서 사라졌다.

그녀는 버스에서 땅거미가 순식간에 온 세상을 에워싸는 광경을 지켜보았다. 버스는 시내 중심가를 달렸고, 그녀의 시선이 닿는 곳마다 줄지어 선 차들과 인파로 북적였다. 그녀는 따뜻했던 저녁 식사와, 그리고 술과 카드놀이와 수다와 작별 인사를 했다. 정상적이었던 삶의 한때와도 작별 인사를 나눴다. 그녀가 그의 집을 좋아하는 건 분명했다. 하지만 자신이 한곳에 멈출 수 없는 사람이라는 점은 그보다 더 분명했다. 유리창에 머리를 기대자 스르륵 눈이 감겼다.

그녀를 태운 버스는 고속도로에 접어들면서 속도를 바짝 올렸다. 어둠이 깔린 세상을 미끄러지듯 달리는 차 안은 여기저기 큰 소리로 떠드는 사람들로 소란스러웠다. 옆자리 남자가 그녀에게 난징 어디에서 내리느냐고 물었다.

"한중면요."

"저도 거기 가요. 근데 이 차는 종양면에 서는 것 같아요."

"괜찮아요. 그럼 종양면으로 가죠, 뭐. 거기서 다른 버스를 타도 되니까요."

그녀는 몸속 깊은 곳에서 피로가 올라오는 것을 느꼈다. 갑자기 아무것도 먹고 싶지도, 말하고 싶지도 않아진 그녀는 어둠 속에서 잠자코 자신의 숨소리만 듣고 있었다. 집으로 돌아가고픈 마음도 어렴풋이 들었다. 그녀에게 난징은 전생의 고향 같은 곳이었다. 언젠가 그녀는 자신이 전생에 진(秦)나라 때 화이허강 밤배에서 노래 부르던 여자가 아니었을까 싶다고 펑에게 이야기한 적 있었다. 딱히 설명할 길은 없지만, 아무튼 그녀는 이 오래된 도시가 몹시 마음에 들었다. 긴 세월이 흐르는 동안 켜켜이 쌓인 그 숨결이 좋았다.

이윽고 창장대교에 멈춰선 버스는 한 시간가량을 꼼짝달싹하지 못했다. 트럭과 버스가 뒤엉킨 혼란스러움이 밤의 다리를 환히 밝히고 있었다.

그녀는 시계를 보았다. 벌써 여덟시가 넘어가고 있었다. 펑은 그녀가 오늘 오는 줄 모르고 있을 것이었다. 다행히 아직 마중 나오라는 연락은 하지 않았다. 다리를 바라보는 동안 그녀는 마음이 말랑말랑해지는 듯하면서도 쓰라렸다. 이 다리만 건너면 펑의 집이었다.


27층짜리 빌딩에서 광고를 만들던 시절, 그녀는 종종 창턱에 턱을 괴고 바깥을 내려다보곤 했다. 그곳에선 난징 시가지가 한눈에 다 들어왔다. 한 손에 물잔을 들고 주변에서 들려오는 보통화를 들으며 마천루와 칙칙한 옛집들이 뒤섞인 풍경을 바라보던 시절. 잠시 잠깐이었지만 그녀는 자신이 그곳에 정착할 수 있을 줄 알았다. 그때는 이 느릿한 리듬의 도시에서 평범하게 살면 되겠다고 생각했다. 그녀가 원한 삶은 지극히 단순했지만, 이곳으로 향하는 길은 늘 돌고 도는 것이었다.

　기차역에 도착했을 때는 이미 밤이었다. 그녀는 옆자리 남자와 함께 중심가로 향하는 버스로 갈아탔다. 그때부터 그들의 대화가 시작되었다. 얼핏 보기에 그는 깔끔하고 반듯했다. 난징에 사무실이 있다고 했다. 그는 주장로에서 내리려는 그녀를 신제커우에서 같이 내리자며 기어이 붙잡았다. 여행을 하다 보면 심심찮게 재미난 사람을 만나기도 한다. 그녀는 씩 웃고는 자리에 다시 앉았다.
　"지금까지 가본 도시들 어땠어요?"
　"어떤 도시들은 참 음울해요."
　"거기서 만난 사람들이 음울했던 거 아닐까요?"
　그들은 동시에 웃음이 터졌고, 그녀는 그의 말을 되뇌며 똑똑한 사람이라고 생각했다.

"난징에는 왜 온 거예요? 사랑하는 사람이 여기 있어서?"

"아뇨. 내가 좋아하는 도시예요. 친구도 있고요. 단순한 이유죠."

"네. 제가 보기엔 광고 쪽 일이 천직 같은데요."

그가 사뭇 진지하게 말했다.

"왜요?"

그녀가 피식 웃으며 되물었다.

"눈빛에서 자유로운 영혼이 보여요."


버스가 시끌벅적한 신제커우에 멈추자 그녀가 말했다.

"저는 되돌아가야 해요."

두 사람은 갈 길이 달랐다.

"제 번호를 드려도 되나요?"

"그래요."

북적이는 사람들 사이에서 그가 펜을 꺼내 쪽지를 써 건넸고, 그녀는 그것을 접어 주머니에 쑤셔 넣었다. 그 번호로 전화할 일은 없을 거라 생각했지만 그와 나눈 잠깐의 가벼운 대화가 좋았다. 헤아릴 수 없이 많은 곳을 떠돈 그녀에게 길에서 만난 사람은 그저 스쳐 지나가는 바람일 뿐이었다.

두 사람은 서로 잘 가라며 손을 흔들었다. 그녀는 사람들 속으로 사라져가는 그의 모습을 물끄러미 바라보다 문득 펑의 집까지 걸어갈 수 있겠다는 생각이 들었다. 하지만 사방으로 넘치는 인파 사이에서 당최 어디로 발걸음을 떼야 좋을지 가늠이 되지 않았다. 일단 넓은 대로를 따라 걸었지만 교차로 몇 개를 지나니 더는 무리일 듯했다. 그녀는 배낭까지 짊어진 몸으로 발 디딜 틈 없이 복잡한 VCD 가게에 들어가 공중전화를 찾았다.

"도착했어? 지금 어디야? 내가 나갈게."

"여기가 어딘지 모르겠어."

그녀는 주위를 둘러보았지만, 온통 사람들과 꼬리에 꼬리를 문 차들만 있을 뿐 표지판은 보이지 않았다. 길을 잃은 듯했다. 순간 형언할 수 없는 고독감이 밀려들었다.

"신바이 정문에 있어. 금방 갈게."

펑의 전화가 뚝 하고 끊겼다.


잠시 우두커니 서 있던 그녀가 VCD 가게 주인에게 물었다.

"〈흐르는 강물처럼〉 있어요? 브래드 피트 나오는 거요."

"없는 것 같은데요."

어떤 뚱뚱한 남자가 주인 대신 대답했다. 그녀는 신바이를 향해 다시 걸었다. 신바이 정문 앞 광장에는 곳곳에 핀 조명이 설치되어 있었다. 조명이 군데군데 만들어낸 동그란 모양의 밝은 지점마다 사람들이 몰려 있었다. 그녀는 옆 계단에 철퍼덕 앉았다. 더는 서 있을 힘이 없었다. 주변엔 그녀처럼 무심한 표정의 사람들이 몇몇 더 앉아 있었다.

그녀는 문득 자신이 이 도시의 저녁 빛 속으로 다시 젖어들고 있음을 깨달았다.

에밀리 브론테는 섬에 있는 교도관에게 쓴 편지에서 이렇게 말했다. "나 자신 앞에 항상 혼자 있을 곳을 남겨두어야 합니다. 사랑을 하기 전에는 충분히 혼자여야 하거든요. 그것이 무엇인지, 그가 누구인지, 어떻게 사랑해야 할지, 얼마나 오랫동안 사랑할 수 있을지 아무것도 알지 못하지만, 저는 그저 사랑을 기다릴 뿐입니다. 영원히 만나지 못한다 해도 말이지요. 그 기다림이 바로 사랑이니까요."

이유는 알 수 없지만 언젠가 책에서 본 이 구절이 갑자기 그녀의 머릿속에 떠올랐다. 묶은 머리를 풀고 고개를 좌우로 흔들자 머리칼에서 샴푸향이 났다. 허기를 느꼈다. 저 많은 사람들 중에 자신을 집으로 데려가 따뜻한 물과 음식을 줄 남자가 있지 않을까 상상하며 두리번거리는 그녀의 모습은 아무런 목적 없이 거리를 헤매는 동물과 다름없었다. 지금껏 그녀가 거쳐온 도시들은 말하자면 모두 텅 빈 도시였다.

그녀는 손으로 얼굴을 감싼 채 울음을 터뜨렸다.

# 삶이라는 환각

꽤 오랜 밤 그는 맞은편 집 베란다의 여자를 관찰했다.

한밤중의 베란다는 마치 심야 영화의 한 장면처럼 보이곤
했는데, 밤이 가고 새벽이 올 무렵 불어오는 봄바람에 취해
서였는지도 모른다. 여자는 자수 레이스가 달린 새하얀 치마
를 입고 있었다. 허리까지 내려오는 부드럽고 풍성한 검은
머리의 그녀가 걸음을 옮기면 그림자는 한 마리 고양이처럼
살금살금 뒤를 따랐다. 그녀는 간혹 창턱에 올라앉곤 했는데,
안쪽으로 오므린 맨발과 옆으로 살짝 기울인 고개가 그의 시
선을 사로잡았다. 하지만 대부분은 흰 머그잔으로 물을 마신

다든지 커다란 흔들의자에 가만히 앉아 있는다든지 야금야금 사과를 먹는 등 소소한 움직임이 전부였다. 새벽이 되어 그녀가 베란다 불을 끄면 그 모습은 이내 사라졌다.

   몇 개월 전 그는 오랫동안 함께 살던 여자친구 페이(菲)의 집을 나와 이 아파트 17층에 입주했다. 지난봄, 그는 병원 복도 끝에 앉아 그녀가 수술실 문에서 나오길 기다렸다. 나뭇가지들 사이로 얼룩덜룩한 햇빛이 쏟아져 내렸고, 그는 깊은 생각에 잠겨 있었다.
   두 사람의 몸이 뒤엉켜 하나가 된 순간 그는 육신을 무심히 빠져나와 곁에서 구경하는 자신의 영혼을 보았다. 이런 일은 섹스할 때뿐만이 아니었다. 인파 속에서, 컴퓨터와 팩스로 가득 찬 사무실에서, 끝없이 이어지는 거래처 접대 자리에서 그는 자신의 고독과 초조함을 생각하고 또 생각했다. 그는 결국 페이에게 자신은 지쳤으며, 이런 텅 빈 결혼 생활은 그만하겠다고 털어놓았다. 그들은 명백한 사실혼 관계였다. 하지만 그는 그녀에게 아무런 미래도 약속해줄 수 없었고 그저 평온해지고만 싶었다.

회사에서 구조조정 계획을 발표한 이후로 그는 약물을 복용하기 시작했다. 나무랄 데 없는 실적을 올린 그였지만, 그렇다고 해서 경쟁을 비껴갈 수 있는 건 아니었다. 그는 출근과 동시에 스스로를 빈틈없는 이성으로 무장했다. 절대 마음에 구멍이 나서는 안 되었다. 의사는 외국에서 수입한 흰색 알약들이 극심한 우울증도 고쳐줄 것이라고 했다. 물론 부작용으로 불면증과 환각이 일어날 수 있다는 주의 사항도 일러주었다. 그는 시간에 맞춰 약을 먹으며 마음이 한결 안정되는 것을 느꼈다.

독신으로 돌아온 그는 예전처럼 서쪽 번화가의 술집을 제집처럼 드나들었다. 그곳에는 신경을 자극하는 어지러운 재즈 선율과 담배 연기 그리고 촉촉한 입술을 가진 젊은 여자들이 있었다. 그는 늘 오밤중에야 집으로 향하는 지하철에 몸을 실었다. 지하철 조명 아래 앉으면 맞은편 유리창에 자신의 모습이 보였다. 한낮의 햇빛 아래서 썼던 가면은 온데간데없이 사라진, 무표정의 텅 빈 얼굴이었다.

그럴 때면 늘 그녀도 함께였다. 그는 종종 CD를 틀곤 했다.

음악이 물처럼 흘러 그녀에게 닿기를 바라며…… 과연 그녀도 음악을 들은 것 같았다. 그들은 이렇게 손을 뻗으면 닿을 듯한 거리를 두고 말없이 서로를 바라보았다. 그러나 닿을 수는 없었다. 그는 어둠 속에 몸을 눕히는 순간순간 소리 없이 스쳐 지나가는 그녀를 느꼈다. 그건 마치 나비의 날갯짓 같았다.

  장맛비가 내리던 아침, 그는 지하철 플랫폼에 서 있다 페이의 전화를 받았다. 별 의미 없는 대화가 담담하게 몇 차례 오간 뒤 페이는 다음 주에 결혼한다는 소식을 전했다.
  "넌 아이도 안 낳으려 했잖아."
  결국 그녀의 입에서 원망 섞인 말이 튀어나왔다.
  "그건 그냥 세포가 하나 더 생기는 일일 뿐이야."
  자신의 차가운 목소리가 들렸다.
  "넌 정상이 아니야."
  말이 떨어지기 무섭게 전화는 끊기고, 그의 귓가에는 '뚜뚜……' 하는 신호음만이 남았다. 그는 굉음을 내며 플랫폼으로 들어와 멈추는 지하철을 멍하니 바라보다 사람들 사이에 낀 채 차량 안으로 밀려들어갔다. 불현듯 그녀를 사랑하던 자신의 모습이 떠올랐다. 처음 봤던 순간 그녀가 지은 미소까지도 모두 생생히 기억났다. 하지만 그는 기어코 아기 똥 기저귀를 갈겠다고 억지를 부리거나 그를 마구잡이로 나무라는 그녀를 보며 자신의 삶에 자유가 필요하단 걸 깨달았다.

'우리가 끝없이 지속할 수 있는 건 뭘까? 만약 삶이 환각이라면, 그것을 끝낼 유일한 길은 이별이나 죽음 아닐까?'
그는 생각했다.

회사 구조조정 대상자 명단이 발표된 날 그는 팀장으로 승진 발령이 났다. 상사는 그의 어깨를 가볍게 두드리며 말했다. "그간 많이 피곤했을 텐데 며칠 쉬는 게 어때?"
그날 퇴근길, 그는 갑자기 모든 희망이 사라져버린 듯한 느낌에 휩싸였다. 사랑하던 여자는 다른 남자에게 시집을 가고, 누군가가 직장에서 쫓겨난 와중에 자신은 그만하고 싶어도 그만할 수 없는 일하는 기계가 되어 언제까지 이어질지 모를 물질과 허무에 조종당하고 있었다. 술집으로 간 그는 넥타이를 풀어헤치고 스탠드에 앉아 위스키에 알약을 넣어 마셨다. 아무에게나 전화를 걸어 무슨 이야기든 나누고 싶었다. 그때 한 여자가 그의 옆에 다가와 앉았다. 스무 살도 채 안 되어 보이는 여자는 피로한 눈빛에 향수 냄새가 진동했다.

"하이! 혼자 왔어요?"

그녀가 그의 허벅지에 슬쩍 손을 올리며 허스키한 목소리로 물었다.

"꺼져!"

외마디를 내뱉은 그는 정장 재킷을 잡아채듯 집어 들고 그곳을 떠났다.


역 플랫폼에 이르자 구걸하는 아이가 달려들더니 시든 백합 한 송이를 내밀었다. 그는 남은 동전을 꺼내 아이에게 주고 주름진 백합을 받았다. 바로 옆에서는 한 쌍의 남녀가 세상에 단둘밖에 없는 것처럼 격렬한 키스를 나누고 있었다. 무릇 사람은 사랑을 해야 하는 존재다. 사랑에 빠진 사람은 그렇지 않은 사람보다 더 건강해 감기도 잘 걸리지 않는다. 그는 문득 그 여자의 얼굴이 선명하게 떠올랐다. 그녀는 오로지 그의 밤에만 모습을 드러냈다. 마치 고독을 이야기하는 영화의 한 장면처럼. 그때까지 그는 그녀의 살결을 만져본 적도 목소리를 들어본 적도 없었다. 생각에 잠긴 채 팔을 뻗으니 손끝에 스치는 치맛자락의 부드러운 감촉이 느껴졌다. 갑자기 그녀의 풍성한 머리칼에 얼굴을 파묻고 마음껏 속을 털어놓고 싶어졌다.

차가운 비가 내리던 저녁, 그는 처음으로 앞 동 건물에 갔다. 그녀가 사는 집의 베란다는 대낮에도 늘 두꺼운 커튼이 쳐져 있었다. 좀처럼 외출하지 않는 모양이었다. 그녀가 없으면 현관 손잡이에 백합을 꽂아두고 그냥 오려고 했다. 하지만 어쩌면 그녀를 덮치게 될지도 모를 일이었다. 그녀의 미소가 또다시 뇌리를 스쳤다. 무수한 밤 그들은 어둠 속에서 서로를 지켜보았다. 그녀는 어느새 그의 마음속 깊은 곳에 들어와 위로를 건네는 유일한 존재가 되어 있었다.

17층에는 단 두 가구뿐이었다. 그는 한 집의 현관문 앞에서 이 집이라는 확신에 초인종을 눌렀다. 그러나 한참이 지나도록 아무런 응답이 없었다. 곧 팔만 뻗으면 닿을 곳에 그녀가 있으리라는 기대감으로 그는 조금 더 기다리기로 했다. 이윽고 참을성 있게 다시 한 번 초인종을 누르자 등 뒤에서 문 열리는 소리가 났다.

"그 집엔 아무도 안 살아요."

문 뒤에 선 여자가 무심하게 말했다.

"빈집이라고요?"

"네. 이사 와서 그 집 문 열리는 걸 한 번도 못 봤어요."

그녀는 다소 황망한 눈빛으로 예전에 살던 사람이 베란다에서 뛰어내려 죽었다는 이야기를 하고는 문을 닫았다.


적막이 흘렀다. 잠시 뒤 그는 내려가는 엘리베이터에서 극심한 어지러움을 느꼈다. 독한 술과 약을 함께 먹은 탓이었다. 그 순간 여자의 따뜻한 미소가 또 소리 없이 다가왔다. 입술을 스치는 부드러운 머리카락과 치맛자락에서 은은하게 퍼져 나오는 향이 견딜 수 없이 고통스러웠다. 그는 허겁지겁 주머니에서 약통을 꺼내 손바닥에 흰 알약 몇 개를 털어 그대로 집어삼켰다. 이내 혈관이 쿵쿵 뛰는 소리가 들렸다.

유일하게 실재하는 것은 그의 눈 위로 떨어져 내리는 빗방울
뿐인지도 몰랐다.

이튿날 석간신문 사회면에 다음과 같은 토막 기사가 실렸
다. 32세 미혼 남성(외국계 기업 근무), 모 항우울제 신약 과
다 복용으로 쓰러진 채 발견되어 병원으로 이송되었으나 혼
수상태. 평소 심각한 우울증과 자율신경기능이상을 앓은 것
으로 밝혀져.

# 혼자인 밤

이 남방의 도시는 이제껏 크리스마스에 눈이 내린 적이 없었다. 그녀는 이런 밤에, 더구나 혼자 영화를 보러 나서는 길이 낯설었다. 달리는 버스에 앉아 있으니 상점 진열창에 백묵으로 그려 넣은 눈송이와 'Merry Christmas' 손 글씨, 푸른 크리스마스트리 그리고 군데군데 걸린 조그마한 아기 천사 인형과 종 등이 눈에 들어왔다. 행인은 별로 없었다. '간밤의 신나는 파티가 늦게까지 이어졌겠지.' 버스에서 내리기 직전, 그녀는 차창에 비친 얼굴을 들여다보며 립스틱을 살짝 덧바르고 싱긋 웃어 보였다.

"하이."

텅 빈 영화관에서는 제인 캠피언 감독의 〈피아노〉가 상영 중이었다. 피아노 선율이 물처럼 흐르고 그녀는 금세 영화 속으로 깊숙이 빠져들었다. 저물녘 시퍼런 파도가 출렁이고 그 위로 진자줏빛과 주황빛이 어우러진 하늘이 펼쳐졌다. 모래사장에 덩그러니 남겨진 피아노가 나오자 그녀는 울음을 터트렸다. 한 칸 건너에 앉은 남자가 고개 돌려 그녀를 응시했다. 그녀는 연신 눈물을 훔치며 작은 목소리로 "죄송합니다"라고 말했다.

"영화 괜찮았어요?"

엔딩 크레디트가 올라가고 불이 하나둘 켜지자 남자가 물었다.

"네."

짙은 회색 코듀로이 팬츠 차림에 짧은 머리, 산뜻한 눈빛의 남자였다.

"크리스마스 저녁에 사람들은 뭘 하죠? 우리도 교회에 가서 찬송가를 들어야 할까요?"

두 사람은 거리를 걸었다. 하늘에서 차가운 보슬비가 내렸다. 그녀가 다리 위에서 걸음을 멈추더니 난간에 허리를 걸쳤다. 그리곤 수면 위에서 일렁이는 네온사인 불빛을 가만히 내려다보았다. 머리칼이 바람결에 마구 흩날렸다.

"종종 어떤 배가 나를 아주 멀리 데려가 다시는 돌아오지 않기를 꿈꿔요."

그녀가 강가에 정박해 있는 외지 어선을 보며 큰 소리로 말했다.

"어디로 가고 싶은데요?"

"글쎄요. 딱히 가고 싶은 덴 없어요."


교회는 사람들로 꽉 차 발 디딜 틈이 없었다. 한쪽에 세워 놓은 칠판에는 '주님, 목마른 사슴이 물을 찾듯 우리의 마음은 당신을 기다립니다'라고 쓰여 있었다.

"시편 42장 구절이에요." 그녀가 말했다.

사람들 틈에 끼어 겨우 자리에 앉았다. 곧 오르간 소리와 합창 소리가 예배당을 가득 채웠다. 고요하면서도 더할 나위 없이 성스러운 소리였다. 그녀는 기도하는 대신 그에게 속닥속닥 어릴 적 이야기를 했다.

"외할머니를 따라 읍내 교회 예배에 자주 갔는데, 식사 전후나 잠자기 전엔 꼭 기도를 해야 했어요. 외할머니는 밤마다 침대 맡에 앉아서 찬송가를 불렀는데 한 곡이 끝나면 다른 곡을, 그 곡이 끝나면 또 다른 곡을 끝도 없이 불렀죠. 나는 그때나 지금이나 성경 읽는 건 좋은데 기도는 안 해요. 기도는 영혼을 둘 곳 없는 사람들이 어쩔 수 없을 때 하는 것 같아요."

떠들썩한 분위기에서 그가 자못 숙연하게 고개를 숙여 그녀의 눈을 바라보았다.

"그래도 한 구절은 외우고 있어요."


성경을 읽지 않고는 잠들 수 없었던 기나긴 날들에 대해서는 말하지 않았다. 깨어 있노라면 뇌리에 과거의 일들이 일렁였고, 그럴 때마다 헤어진 그가 함께한 시간들을 잊지 못하겠다며 전화를 걸어올까 두려웠다. 하지만 그녀는 자신의 마음이 차츰차츰 사위어 차가운 먼지가 되어가는 것을 바라보고 싶었다.

"왜인지는 모르겠지만, 난 한 사람을 오래 사랑하지 못한다는 걸 깨달았어요. 그게 왜 그렇게 어려운 걸까요?"

"곁에 있어서 더 외로울 뿐이라면 떠나야겠죠. 그럴 땐 차라리 온전히 혼자가 되는 편이 낫잖아요."

"혼자 난징에 갔을 때였어요. 쉬안우 호숫가에 노란 은행나무 이파리들이 바람결에 우수수 떨어지는데, 마치 비가 내리는 것 같았어요. 순간 내 곁에 아무 말 없이, 그저 그 모습을 함께 바라볼 누군가가 있으면 좋겠다 싶더라고요. 쯔진산 수족관에도 갔어요. 고대에나 살았을 법한 기묘하고 거대한 물고기가 어두컴컴한 동굴 속에서 유유히 헤엄치는데, 난 유리에 바짝 붙어서 그 모습을 넋 놓고 바라봤어요. 그러다 문득 말을 잃고 숙명적인 고독을 안고서 살아가는 물고기가 내 사랑과 닮았단 생각이 들었어요."

웃으며 말했지만 그녀의 눈에서는 순식간에 눈물이 흘러내렸다. 그가 손을 뻗어 눈물을 훔치려던 그녀의 손을 잡았다.


그들은 작은 술집으로 갔다. 그가 뜨거운 커피와 담배를 건네고 날카롭고 집요한 눈빛으로 그녀를 응시했다. 그녀는 그가 왜 계속 자신의 곁을 지키고 있는지 알지 못했다. 자신이 왜 계속 그에게 속마음을 털어놓고 있는지 알지 못하는 것과 비슷했다.

그가 술을 주문했다. 스탠드바에 나란히 앉은 둘 사이로 끊임없이 이야기가 오갔다. 그녀는 줄담배를 피웠다.

"말로는 다할 수 없는 심정으로 살다 보니 이렇게 됐어요. 우리처럼 글 쓰는 사람들은 내가 글을 가지고 노는 건지 글이 나를 가지고 노는 건지 헷갈리는 순간이 오거든요. 정말 없을 땐 있는 돈을 다 끌어모아도 동전 몇 개가 전부였어요. 버스비도 안 돼 집까지 한 시간을 넘게 걸어갔죠. 점차 궁핍하고 혼란스러운 생활에 익숙해졌어요. 이따금 원고료를 받을 때면 곧장 가게로 달려가 탕진하기 일쑤였고요. 깊은 밤 글을 쓰며 내가 망가지고 있다고 생각했어요. 머릿속이 그냥 하얘지는 느낌이랄까. 이런 퇴폐적이고 무력한 글을 써봤자 아무도 읽지 않을 거란 생각. 생존이 힘겨웠어요. 집구석 이불 속에 처박혀 펑크 음악이나 듣는 삶을 산다 해도, 자신의 자존감을 챙기는 법을 배우고 헐값에 영혼을 팔지 않아야 하잖아요.

"결혼은 생각 안 해봤어요?"

"해보긴 했지만, 누구랑 하겠어요? 서로 사랑하는 사람들은 분명 평온한 일생을 보내지 못할 거예요. 둘 중 하나가 죽기 전까진 서로를 놓지 못하겠죠. 그렇다고 사랑하지 않는 사람과 사는 건 혼자인 것보다 더 외롭겠고요. 가끔 돈 많은 남자한테 시집가면 어떨까 생각도 해요. 난 생활력이 약한 인간이잖아요. 하지만 내 한 몸 건사도 못하는 백수 주제에, 나야 그 사람 돈을 사랑할 수 있겠지만, 그 남자가 대체 뭘 보고 나를 좋아하겠어요?"

 그녀가 자조적인 웃음을 지었다. 그녀는 잘 웃었다. 웃을 때 얼굴에서 반짝반짝 빛이 났고, 눈은 한 가닥으로 가늘어졌다.

 "혹은 그냥 같이 살면서 그가 나를 먹여 살릴 수도 있겠죠. 고양이 한 마리 키우는 셈 치고."

 그가 잠자코 그녀에게 귀 기울이다 입을 뗐다.

 "그 얘길 들으니 대학 때 알고 지내던 여자애가 떠오르네요. 당신처럼 예민하고 독특한 영혼을 가진 사람이었는데, 죽었어요. 이 세상이 그 애가 꿈꾸던 세상과 맞지 않았나봐요. 근데 사실 꿈과 이 세상이 맞아떨어지는 사람이 얼마나 되겠어요? 그저 어떤 사람들은 잊을 줄 아는 거고, 어떤 사람들은 포기하지 못하는 거겠죠."

그들은 한쪽 모퉁이로 가 춤을 추었다. 그녀는 어느새 스웨터를 벗어 던지고 새하얀 블라우스만 입고 있었다. 그루브 가득한 블루스 음악이 흐르고 있었다. 그의 그림자가 고개 숙여 그녀의 머리에 입 맞췄고 곧이어 꽃잎 같은 뺨을 지나 입술로 미끄러졌다. 그녀의 몸에 담배 냄새와 커피 향, 향수 내음이 섞여들었다. 그녀가 촉촉한 눈을 치켜떴다. 그들이 만난 지 일곱 시간째였다. 몸이 전하는 위로는 단순하고 따스했다. 그들은 술집 구석 자리에서 말없이 서로를 끌어안았다.

"난 북쪽 지방에서 출장 온 거예요. 내일 돌아가야 해요."

"알아요. 우리에겐 미래가 없다는 거. 끊임없이 찾아 헤매지만, 또 끊임없이 이별해야 하죠."


그곳을 빠져나왔을 때는 눈이 내리고 있었다. 거리는 이미 눈으로 살짝 덮여 있었다. 어두운 하늘에서 굵은 눈송이가 떨어졌다. 찬바람이 불자 하얀 눈이 온 도시를 감쌌다. 그 무렵 강가의 종각에서 열두시를 알리는 종소리가 울려 퍼졌다.

마지막 종소리의 울림이 사라져가는 찰나, 그가 그녀를 와락 품에 안았다.

"메리 크리스마스."

그가 귓가에 속삭이며 그녀에게 키스했다. 그의 정수리에 쌓인 눈이 녹아 머리카락을 타고 내려와 눈물처럼 떨어졌다.

"우리는 계속 혼자일까요?" 그녀가 말했다.

"아뇨. 앞으로 많은 일을 겪게 될 거에요. 그만큼 추억도 많이 쌓이겠죠. 그게 꼭 어떤 결실을 맺지는 못하더라도."

"당신은 늙어서 남방 출신의 한 여자와 보낸 하룻밤을 추억하겠죠. 교회에서 찬송가를 듣고 술집에서 춤춘 일을 말이에요. 눈으로 뒤덮인 거리에서 끝없이 나누던 키스도."

"그럼요."

두 사람은 거의 동시에 웃음을 터트렸고, 다시 키스했다. 그녀가 입술에 생긴 어혈을 그에게 보여주었다. 그가 남긴 자국이었다.

"아파요?"

"며칠 지나면 괜찮아지겠죠. 시간은 어떤 상처도 남겨두지 않을 거예요. 걱정하지 말아요."

"난 당신을 먼 곳으로 데려갈 수 있어요." 그가 말했다. "가진 건 별로 없지만, 당신을 건사할 수는 있을 거예요."

"약속 같은 건 하지 말아요, 제발."

그녀는 이제 그만 물으라는 듯 그의 입술에 집게손가락을 갖다 대었다. 그러고는 신나게 소리를 지르며 앞으로 달려 나갔다.


그들은 도심 광장까지 걸어갔다. 분수대 조각상과 황량한 나무만 있을 뿐 광장은 행인 하나 없이 텅 비어 있었다.

"종종 시립도서관에서 이리로 와 오후를 보내곤 했어요. 푸르고 투명한 하늘에서 쏟아지는 찬란한 햇빛 아래, 아무 생각도 하지 않고 멍하니 앉아서요." 그녀가 말했다.

"아무 생각도 없이요?"

"네. 강바닥에 가라앉은 것처럼요. 그 상태에서 물처럼 흘러가는 시간을 느끼는 거예요. 그러면서도 수많은 낯선 이들 사이에서 누군가가 나타나 날 데려가겠다 말해주는 장면을 상상했어요. 혼자 떠날 때마다 터미널, 공항, 부두 어디에서든 마음속으로 기대했죠. 다시는 돌아오지 않길 바랐고, 이 도시에서 저 도시로 그리고 또 다른 도시로 끝없이 떠돌고 싶었어요."

"어느 날 오후, 여기 벚나무 아래 앉아 있던 남자를 봤어요. 잡지와 군밤 한 봉지와 생수를 꺼내놓고 허공을 맴도는 새떼를 바라보고 있었어요. 지그시 미소 짓는 그의 눈과 이를 봤죠. 그는 나를 어딘가로 데려가줄 수 있을 것처럼 느껴졌어요. 그가 일어나 자리를 뜰 때까지 시선을 떼지 않았는데, 옅은 갈색 셔츠를 입은 그가 사람들 틈으로 어느새 홀연히 사라졌어요. 그가 나를 여기 두고 갔다는 거 알아요. 나에게 말 한마디 건네지 않았다는 것도요."

그녀가 고개를 떨구며 미소 지었다.


그들은 광장을 하염없이 걸었다. 온 도시를 집어삼킬 듯한 폭설이 내렸고 하늘은 점차 회백색으로 변해갔다. 이윽고 새벽빛이 부옇게 밝아왔다. 그들은 키스했다. 그녀의 입술에 난 상처가 갈라지면서 뜨겁고 비릿한 피가 그의 입술로 번졌다.


기울어진 길모퉁이에서

맥없이 껴안은 우리.
날아가는 새 하나 없는데
이별을 묻네.


그녀가 작은 소리로 시를 읊었다.
"아직 이별하고 싶지 않지만, 헤어져야겠죠."
그가 고개를 끄덕였다. 머리카락 끝에서 눈 녹은 물이 계속
떨어졌다. 한데에서 밤을 지새워 창백한 얼굴이었다.
"이름을 알려줄 수 있어요?" 그가 말했다.
"내 눈을 봐요. 눈만 기억하면 돼요. 할아버지가 될 때까
지." 그녀가 고개 들어 말했다.
그는 그녀에게 손을 흔들고 벚나무 숲 뒤로 사라졌다. 눈보
라가 몰아치던 밤, 텅 빈 도시의 거리로.
그녀는 자신이 밤새 쏟아낸 말과 눈물이 머나먼 그의 북쪽
고향에 이르러, 흐르는 시간 속에서 차츰차츰 흐려지다 완전
히 잊히는 것을 상상했다.


그녀는 약간의 취기를 느끼며 첫차에 올랐다. 새벽빛이 도

시를 깨우는 사이 눈이 그쳤다. 일찍 일어나 아침 운동을 나온 사람들의 움직임이 공기를 가르며 세상의 서막을 열었다. 아무도 밤새 눈이 어떻게 왔는지 알지 못했다.

# 바람처럼

뤄(羅)는 내가 인터넷으로 만난 첫 남자다. 나는 그해 8월 컴퓨터를 사고 이런저런 글을 끄적이기 시작했다. 비교적 꼴을 갖춘 첫 작품은 소녀의 삶에 관한 이야기로, 무너진 마음에 관해 쓴 것이었다. 저녁 수업이 끝나면 더우장 가게에 들르거나 새로 산 아일랜드 풍 음악 CD를 듣거나 혼자 산에 올랐다. 아일랜드 풍의 피아노곡은 피아노에 오르간, 하프 그리고 기타 소리까지 어우러진, 마치 시원한 물방울이 마음으로 똑똑 떨어지는 듯한 아름다운 연주곡이었다. 나는 무심코 그 음악을 틀곤 했다.

모니터 화면에 '유즈넷에 게시됨'이라는 문장이 떠 있었던 것 같다. 뤄는 내게 맨 처음으로 이메일을 보낸 사람이었다. 그는 간결한 영어로 소설을 직접 쓴 게 맞느냐고 물으며, 글이 마음에 든다고 했다. 다른 메일에서는 내 글을 읽으며 마음이 아팠다고 했다. 그는 공대 교수이자 외국 기업의 에이전트로, 나이는 나보다 열한 살 위였다.

우리는 친구가 되었다. 그는 소설을 완성할 때마다 바로 이메일로 보내달라고 했지만, 나는 깜빡할 때가 많았다. 어느 가을날 그는 내가 있는 도시로 출장을 왔다며, 기어이 독일에서 사 온 CD 몇 장을 주겠다고 했다. 나는 그가 묵고 있던 호텔 앞에서 전화로 말했다.

"영 내키지 않아요. 우리가 만나는 게 무슨 의미가 있을까요."

"그럼 CD만 받아서 가. 그냥 이걸 너한테 주고 싶은 것뿐이야."

만나보니 뤄는 학자 분위기와 사업가 분위기를 동시에 풍겼다. 옷을 신경 써 갖춰 입었고 남성용 향수 '듄'을 즐겨 뿌

렸으며, 말하는 중간중간에 영어를 섞어 썼다. 다년간 무역업에 종사해 국제적 감각이 몸에 밴 중년의 신사였다. 그는 내게 많은 이야기를 했다. 대학 때 짝사랑한 여자 이야기를 꺼내면서는 설핏 눈물이 비치는가 싶더니 찬물에 세수하겠다며 화장실로 가선 한참 만에 돌아왔다. 나는 잠잠히 앉아 그를 지켜보았다. 우리 사이에는 물이 담긴 잔 둘이 놓여 있었다.

두 시간 후 호텔 입구에서 작별 인사를 했다. 나는 택시 기사에게 CD를 좀 틀어달라고 부탁했다. 강렬한 록 음악이 터져 나왔다. 그제야 첫 소설에서 록 음악에 관해 이러쿵저러쿵 썼던 게 생각났다. 소설 속 소녀는 어두컴컴한 데서 록 음악을 들으며 글을 썼다. 요란한 음악이 밤바람을 타고 사방으로 퍼져나갔다. 거리에는 낙엽이 수북했다.


그와 나는 크리스마스에 또 만났다. 뤄가 항저우에서 크리스마스 선물을 보내왔다. 크리스티앙 디오르 화장품이었다. EMS를 통해 커다란 상자가 회사로 배송되었다. 동봉된 작은 카드에는 '크리스마스에 함께 교회에 갈 수 있기를!'이라고 적혀 있었다.

나는 뭘 줘야 하나, 난감했다. 백화점을 돌고 돈 끝에 결국 고른 건 울 백 퍼센트의 진회색 장갑이었다. 그냥 내 취향대로 고른 거였고 우편으로 부쳤다.

그날 밤은 유난히 추웠다. 교회까지 미끄러지듯 걸으며 강물 위로 일렁이는 네온사인 불빛을 보았다. 꼭 유화물감을 풀어낸 것 같았다.

예배당은 사람들로 꽉 차 있었다. 우리는 잠시 입구에 서서 찬송가를 듣다 뒤돌아 나왔다. 뭐는 길 위에서 자신의 결혼 이야기를 얼기설기 늘어놓다가 쓰촨에서 대학원 생활을 할 때 어메이산*에 특별한 감정이 생겼다는 이야기, 돈을 많이 벌어 조용한 산속에 들어가 은둔 생활을 하는 게 가장 큰 바람이란 이야기까지 했다.

그는 성정이 여렸다. 보통의 무역업에 종사하는 남자들과는 달랐다. 나는 그와의 관계에서 안전거리를 유지했다. 성격

---

* 쓰촨성 어메이현에 있는 산으로 중국 불교의 성지다.

상 나는 깊고 열렬한 관계를 좋아하지 않았다. 대신 느슨하고 드러나지 않는 걸 좋아했고 매사에 무심한 편이었다.

종종 전화로 이야기를 나누기도 했다. 뤄는 편지도 썼다. 출장길에 쓴 편지 중에는 아주 긴 것도 있고 짧은 것도 있었다. 그는 기차든 비행기든 장소를 가리지 않았는데, 심지어 술집이나 정거장 대기실에서도 편지를 썼다. 반듯한 글씨들 밑에는 영문으로 유려하게 서명을 했다. 편지글 중에 "이 세상은 내 꿈과 맞지 않아요"라는 한마디가 유독 기억에 남는다. 나는 소설 여기저기에 그 문장을 썼다.

그 겨울이 끝나가던 무렵, 뤄가 한 그룹의 스카우트 제의를 수락해 조만간 내가 있는 도시로 온다고 소식을 전했다. 그룹 계열 무역상사의 사장 자리로 온다고 했다. 나는 약간의 당혹감을 느꼈다.

그다음 만남은 뤄가 업무차 프랑스 바이어와 우리 회사에 온 날이었다. 검은색 바바리코트 위로 그의 마른 몸이 느껴졌다.

"예민해 보여요."

"정서는 안정적이야."

어쩌면 뭐 같은 남자는 중년이 되어도 현실과 이상이 마음을 반반씩 차지하고 있는 걸지도 모른다. 방랑은 그의 운명일 수도 있다.

같은 도시에 살게 됐지만 만남은 드물었다. 그는 일로 눈코 뜰 새 없이 바빴다. 나야 있는 게 시간이었지만 그에게 이메일을 쓰는 일은 없었다. 손 편지는 두말할 것도 없었다. 그는 고객사와 연락을 주고받느라 늘 인터넷을 했다. 한밤중이 되어서야 컴퓨터를 끄고 내게 전화를 걸곤 했는데, 나는 늘 졸음이 쏟아져 그의 이야기를 들어주지 못했다.

그가 사는 곳에는 두 번 가봤다. 매번 그가 직접 음식을 만들어줬는데 요리 솜씨가 좋았다. 회사에서 마련해준 집은 상당히 넓었다. 텅 빈 거실에서 함께 점심을 먹고 나는 오후 내내 DVD를 봤다. 아니, 보다 잠들기를 반복했다. 깨어나보면 그는 어김없이 거실에서 노트북을 두들기고 있었다. 어둑해진 후에는 맨발에 파자마 바람으로 앉아 낮과 똑같이 일했다.

나는 늘 내가 고독하다고 생각했다. 타인과 거의 소통하지 않았고 마음이 빠르게 늙고 있다고 느꼈다. 남을 믿지 않았으며, 일을 만들지 않고 조용히 지냈다. 그래서 나보다 열한 살이나 많은 남자와 어울릴 수 있었다.

뤄와의 연애는 생각도 해보지 않았다. 스무 살 이후 마음 가는 대로 누군가를 좋아했지만 사랑은 아니었다. 뤄는 차츰차츰 자기 위치에 걸맞은 존재감을 드러냈다. 가령 길을 건널 때면 내 등 뒤로 팔을 뻗어 보호해주면서도 꼭 얼마간의 거리를 둬 내 몸에 닿지 않도록 했다.

이듬해 봄, 나는 다롄으로 떠났다. 뤄는 교통사고를 내 병원에 입원했고, 병실에서 휴대전화로 내게 연락했다.

"병문안 갈까요?"

뤄는 그럴 필요 없다고 했다. 그는 감정을 자제하고 있었다.

어느 날 밤, 그가 전화했는데 10분이 넘도록 아무 말 없이 울기만 했다. 마음이 무너져 내린 남자의 울음이었다. 나는 수화기를 들고 잠자코 있다가 그가 진정하는 기색을 보였을 때 "세수하고 자요"라고 말했다. 남자의 마음속 깊은 곳에 숨겨진 연약함과 무력함은 전혀 놀라운 것이 아니었다. 하지만 그를 어떻게 위로해야 할지 알 수 없었다. 그래서 딱히 위로를 건네지 않았다.

〈난난〉을 보냈을 때, 그는 내 글의 우울함이 자신을 무너뜨렸다고, 그러므로 이제 다시는 내 글을 보지 않겠다고 했다. 내가 인생의 중대한 결정을 내릴지 모른다는 걸 뤄가 예감한 것도 그 무렵이었다. 회사를 그만두고 다른 도시로 가서 그동안 하고 싶었던 광고 쪽 일을 하겠다고 말했을 때, 그는 전혀 놀라는 기색 없이 한마디 했다.

"어차피 갈 거잖아. 알아."

내 인생에서 가장 힘겨운 시기였다. 두려움과 스트레스를 마주하고 있었고 겉으로는 무덤덤했지만 마음속으로는 버텨야 한다고, 버텨내야 한다고 한시도 쉬지 않고 스스로를 채찍질했다. 아직 어렸지만 내가 남들과 다르단 것을 알았다. 나는 삶과 함께 모험이라는 게임을 하고 있었다. 삶은 내가 상상한 것보다 훨씬 더 큰 대가를 요구했다. 그렇지만 멈출 수 없었다. 삶을 멈춘다는 것은 죽는 것과 같았다. 나는 멈추지 않기 위해 싸우는 동시에 죽음과의 게임에서도 싸워야 했다. 도무지 갈 곳을 알 수 없었다. 그래서 또 앞으로 나아갔다.

그때 처음으로 뭐에게 전화를 했다. 소위 친구를 찾았다기보다는 내 마음을 파고들고 싶었다. 고비를 넘길 때마다 내 곁에 가만히, 그저 함께 있어줄 한 사람이 있으면 좋겠다는 생각을 했다. 마음을 억누른 채 꽤나 긴 시간을 보낸 뒤 만나도 할 말이 없는 것은 여전했다.

영험하다는 절에 점을 치러 갔다. 찌는 듯한 날씨에 뭐의 얼굴은 땀이 비 오듯 흘렀다. 우리가 탄 버스는 달리고 달려 시내를 벗어났다. 어두컴컴하고 서늘한 절에서 나는 또다시 운명을 생각했다. 문밖으로 눈부신 햇살이 쏟아졌다. 맑은 호수와 푸른 산이 어우러진 풍경에서 가없는 자유가 느껴졌다. 내가 원하는 삶이 어디에 있을지 알 수 없었지만, 어쨌든 계속 앞으로 가야 했다.

제비를 뽑은 다음 시구가 적힌 흰 종이를 불에 태웠다. 들판을 거닐었고 새파란 하늘과 호수를 바라보았다. 두둥실 뭉게구름과 싱그러움을 내뿜는 귤나무, 호수를 뒤덮은 개구리밥이 눈앞에 펼쳐졌다. 우리의 이야기는 끝이 없었다.

"난 비행기가 땅에서 뜨는 순간을 좋아해요. 속도가 올라갈 때 느껴지는 현기증, 그 짜릿함을요."

나를 바라보는 뤄의 눈빛에 순간 애잔함이 스몄다.


정오 무렵, 시장에서 장을 보고 오는 길에 뤄가 DVD를 빌렸다. 내가 좋아하는 공포영화였다. 뤄가 주방에서 식사 준비를 하는 동안 나는 방에서 영화를 보다 잠이 들었다. 그러다 갑자기 온몸이 땀에 흠뻑 젖어, 스스로가 낯선 도시의 어떤 방에서 깨어난 사람, 부모로부터 멀리 떨어져 정처 없이 떠도는 데다 사랑했던 사람은 이제 다시 만나지 못하는 사람처럼 느껴졌다. 방엔 어느새 어둠이 드리웠다. 나도 모르게 눈물이 흘렀다. 뤄는 방문 밖에 우두커니 서 있다가 자리를 떴다.

우리 둘은 조용히 식사했다. 아내와 딸에게 온 전화에 뤄는 부드럽고 나지막한 말투로 응했다. 고독한 타향살이를 견디느라 일로 자기의식을 마비시킨 한 남자. 나는 전화선 너머에서 들려온 울음을 기억한다. 그는 마음이 무너져 어찌해야 할지 모르고 있었다. 하지만 나는 위로하는 방법을 몰랐고 침묵을 건넬 수밖에 없었다. 그에게 이혼하고 새로운 삶을 시작하는 게 어떻겠냐고 물었을 때 그는 손사래를 쳤다. 일할 때는 마음속에 도사린 고독에 지지 않을 수 있다고 했다. 오래 싸웠고 이제 지쳤다고도 했다. 아직 젊고 시간이 많은 나와는 다르다는 말도 했다.

텅 빈 방에서 혼자 보내는 삶에서 고독이란 공기와 같은 것, 벗어날 수 없는 것이었다. 뤄의 눈빛은 한결같이 우울했다. 한편 나는 점차 삶에 무뎌지다 그것에 집어삼켜질까 두려웠다. 한 번 또 한 번 수면 위로 뛰어올라 숨을 쉬려 안간힘을 썼다. 차라리 누군가에게 잡히는 게 질식하는 것보단 나았다.

그가 나를 바래다주는 길에 갑자기 비가 쏟아졌다. 바야흐로 가을이 깊어가고 있었다. 나는 가을의 쌀쌀함을 좋아한다. 추적추적 내리는 비를 맞으며 걷다 보니 어느새 골목을 빠

져나와 큰길에 이르렀다. 택시를 잡으려고 서 있자니 빗물이
얼음처럼 느껴졌다.

"혼자 떠나지 않겠다고 약속해줘." 뤄가 말했다.

"안 그럴 거예요. 맞아줄 누군가, 아니면 보내주는 누군가
가 있겠죠. 세상엔 가져갈 수 없는 게 참 많아요. 하지만 어디
로 가든 그 독일 음반들은 꼭 챙겨 갈게요."

"네가 가고 나면 나도 이 도시를 떠날지도 모르겠어."

어둠 속에서 뤄의 목소리가 울렸다.

"어디로 가려고요?"

대답 대신 침묵이 흘렀다. 잠시 후 그가 말했다.

"네가 선물해준 장갑, 한 번도 안 꼈어. 앞으로도 안 낄 거
야."


택시 유리창 너머 뤄가 손을 흔들었다. 빗물 탓에 그의 얼
굴이 얼금얼금하게 보였다. 나는 그 모습을 가만히 바라보다
덤덤한 목소리로 기사에게 출발해달라고 말했다.

# 교환

그해 그는 열아홉 살이었다. 이모네서 방학을 보냈는데 인생에서 처음이자 마지막으로 겪은 남부지방이었다. 옆집에는 여자아이가 살았는데, 늘 계모에게 혼나는 소리가 집 바깥까지 들렸다. 어느 날 처음으로 보게 된 소녀는 치마를 입고 있었고 얼굴에는 불그스름한 손자국이 나 있었다. 눈물범벅이었지만 표정은 냉담했다. 그는 소녀 앞에 쭈그리고 앉아 말을 걸었다.

"강아지 좋아해?"

길에서 주운 하얀 강아지를 넣은 대바구니를 소녀 쪽으로 살짝 기울이며 말했다.

"한번 웃어볼래? 그럼 이 강아지를 줄게."


그들은 따뜻하고 즐거운 시간을 보냈다. 함께 낚시를 하거나 나비를 잡으러 다녔고 소녀는 그때마다 해맑게 웃었다.

그녀의 생일이었다. 그가 야시장에서 나비 모양의 빨간 머리핀을 사주면서 말했다.

"넌 너 자신을 믿어야 해. 언젠가는 나비처럼 네가 가고 싶은 곳으로 날아가게 될 거야."

한 달 후, 그는 북쪽 지방으로 다시 돌아갔다. 기차역까지 배웅 나간 소녀는 강아지를 품에 꼭 안고서 못내 서운한 표정을 지었다. 그는 차창 밖으로 머리를 내밀어 시끌벅적한 플랫폼에 남겨진 소녀에게 손을 흔들었다.

"나중에 어른이 되면 오빠한테 시집가도 돼?"

소녀가 까치발을 들고 그에게 물었다. 기차가 서서히 움직이기 시작했다.

"그럼."

그가 미소 지으며 소녀를 달랬다.

기차는 남부지방의 작은 역에서 점차 멀어졌다. 소녀는 있는 힘껏 뛰었지만, 기차는 금세 눈앞에서 사라졌다.

그때 그녀는 여덟 살이었다.

그는 대학에 가고 취직을 한 뒤에도 남부지방엔 다시 가지 않았다. 소녀는 그에게 편지를 썼다. 삐뚤삐뚤한 글씨와 그림으로 강아지와 함께 보내는 일상을 전했다. 그는 답장하지 않았다. 소녀의 생일이나 새해에만 예쁜 카드를 한 장씩 보냈다. 카드에는 샤오과이(小乖)*와 샤오란(小藍)이 건강하고 즐겁게 지내길 바란다고 썼다. 샤오과이는 강아지 이름, 란은 소녀의 이름이었다.

3년 후, 샤오과이가 병에 걸려 죽었다. 소녀는 편지에 이렇게 썼다.

"샤오과이가 떠났어. 하지만 내 마음은 그대로야. 내게 나비처럼 날개가 생기진 않겠지만, 난 꼭 내가 가고 싶은 곳으로 갈 거야."

그러고는 1년을 쉴 것이며 베이징으로 가겠다고 했다. 그들이 못 본 지 꼬박 7년이었다.

---

* 귀염둥이라는 뜻.

그는 기차역에 나가 그녀를 기다렸다. 붐비는 사람들 사이로 흰 치마 차림의 눈동자가 유난히 새카만 소녀가 모습을 드러냈다. 그들은 호텔 레스토랑에서 식사했다. 그의 약혼녀인 치(祺)도 함께였다. 식사 후에는 자금성에 갔다. 약간 어둑한 성벽 모퉁이에서 그가 그녀에게 넌지시 물었다.

"치 언니 어떤 것 같아?"

"예쁘고 우아하고 좋은 여자 같아."

그녀가 따사로운 오후 햇살에 기댄 채 그를 향해 미소 지었다.

그녀는 베이징에서 조용히 일주일을 보낸 뒤 남방으로 돌아가 다시 고등학교를 다니기로 했다. 떠나기 전날 밤, 그에게 작은 소리로 물었다.

"만약에 오빠가 나중에 이혼하면 오빠한테 시집가도 돼?"

"그럼."

비몽사몽간에 나온 대답이었다. 이튿날 새벽, 그녀는 온다 간다 말도 없이 훌쩍 떠났다.


결혼 생활은 흐르는 강물처럼 평온했다. 신혼 3년 차에 접어들 무렵, 치는 미국 유학길에 올랐다. 그도 얼마간 필요한 준비를 해서 따라가기로 했다. 일단 공무원을 그만두고 작은 술집을 차렸다. 떠나기 전까지의 시간을 그렇게 보낼 요량이었다. 술집 이름은 블루(Blue)라 지었다.

편지는 꾸준히 날아왔다. 그녀는 곧 졸업이니 만약 베이징에 있는 대학에 합격하지 못하면 학업을 그만두고 베이징에서 일자리를 알아보겠다 했다. 그가 말했다.

"나는 1, 2년만 있으면 떠나."

그녀는 말했다.

"괜찮아. 떠나기 전까지 시간이 있으니까."


그녀와 그는 각각 열아홉 살, 서른 살이 되어 다시 만났다. 두 사람은 1년 동안 한 집에 살았다. 그는 비자만 나오면 바로 미국으로 날아가 치와 합치기로 되어 있었다. 블루는 그녀에게 넘기기로 했다.

"베이징 남자랑 결혼해. 나중에 널 보러 올게."

"베이징에서 기다리고 있을게. 결혼은 안 할 거야."

그녀는 계속 편지를 썼다. 한 통, 또 한 통…… 그도 그녀의 생일과 새해에는 여전히 카드를 보냈다.


그는 외국 생활 5년 만에 치와 헤어지고 사업도 실패한 뒤 결국 귀국했다. 블루 입구에 들어서자마자 그는 바 테이블 안쪽에 서 있는 여자를 대번에 알아보았다. 흰 치마에 수수한 차림이었다. 그녀는 눈에 띄게 수척해져 있었다.

"돌아왔네."

그녀가 담담히 미소 지으며 말했다.

"몸이 안 좋아졌어."

그녀의 병은 손쓰기엔 이미 늦은 상태였다. 그는 잠시도 그녀의 곁을 떠나지 않고 성경을 읽어주었다. 그녀는 밤마다 그의 손을 지그시 잡고 잠들었다. 낮에는 그가 그녀를 안고 병원 마당으로 나가 햇빛을 쐬었다.

"다 나으면 오빠랑 결혼해도 돼?"

그녀는 희망을 놓지 않고 있었다. 그가 고개 돌려 눈물을 삼키고 말했다.

"그럼."

그녀의 가느다란 숨은 6개월 정도 더 이어지다 어느 날 문득 멈췄다. 그날 아침은 갑자기 상태가 호전되는 듯했다. 그녀는 그에게 가발을 사달라고 졸랐다. 방사선치료를 하며 머리카락이 다 빠진 상태였다. 그녀는 어린 시절, 그때 그 모습처럼 머리를 땋았다. 집에 있는 비단 상자를 가져다달라고도 했다. 거기엔 그녀가 여덟 살 때부터 그에게서 받은 카드가 고이 간직되어 있었다.

해마다 두 장씩, 지난 16년이 차곡차곡 쌓여 있었다. 그녀는 누렇게 바랜 종이 위의 흐려진 글자들을 하나하나 어루만졌다. 그것들은 그가 떠난 뒤로 기나긴 세월 동안 그녀가 소유한 모든 것이었다.


그녀가 지친 몸을 침대에 뉘며 그에게 빨간 나비 머리핀을 꽂아달라고 했다.

"다시 태어나면, 오빠한테 시집가도 돼?"

그가 그녀에게 가볍게 입 맞추고 대답했다.

"그럼."

그는 하얀 강아지를 그녀의 미소와 맞바꿨다. 그녀는 일생의 기다림을 그의 지킬 수 없는 약속과 맞바꿨다.

# 불꽃놀이

「1」 시간을 5년 전으로 되돌릴 수 있다면

시간을 5년 전으로 되돌릴 수 있다면, 나는 처음에 결정한 대로 유아교육학과 시험을 보고 유치원 교사가 되어 보드랍고 투명하고 자그마한 생명체들과 매일 시간을 보낼 것이다. 그들의 해맑은 미소는 햇살처럼 순수하고 깨끗한 눈빛은 눈으로 뒤덮인 산처럼 아득하다. 그들이 초록색 나무 침대에 누워 낮잠을 자는 동안 나는 베란다 한쪽 바닥에 앉아 바람에 나부끼는 벚나무를 바라본다. 비 오는 저녁, 맨 마지막으로 남은 아이까지 제 엄마 손을 잡고 나가면 나는 텅 빈 교실에서 피아노를 친다. 작은 도시에서 이렇게 평온한 삶을 계속 이어가면 된다. 나는 키 크고 잘생긴 그 남자와 결혼할 것이다. 길고 풍성한 속눈썹이 우수에 젖은 듯한 베니스. 우리는 한때 서로 사랑했다. 나는 그의 곁을 떠나고 싶지 않았고, 당신과 영원히 함께하고 싶다고 말했다.

로즈(Rose)가 이메일로 〈5년 전으로 돌아간다면〉이라는 제목의 글을 200자 원고지에 써서 보내달라고 했다. 나는 30분도 안 되어 글을 완성해 보냈다. 편집자인 그녀는 종종 이런 식의 요구를 하곤 한다. 내 모든 소설은 그녀의 손을 거친다. 그리고 나는 매달 그녀가 일하는 잡지사에서 보내준 고료를 찾으러 우체국에 간다. 그걸로 살아가는 셈이다. 즉 방세와 각종 공과금 및 전화 요금, 인터넷 요금을 내고 일주일에 한 번 장을 봐 냉장고에 탈지유, 오렌지 주스, 사과, 신선한 채소와 닭고기를 채워 넣는다. 그리고 돌아다니다 카페나 바에 앉아 시간을 보낸다. 카페에서는 에스프레소에 샷을 추가해 마시고, 나 자신에게 새로 나온 향수와 리넨 바지를 선물한다.

로즈는 베이징에 살고, 나는 상하이에 산다. 우리는 지금까지 만나거나 전화 통화를 한 적이 한 번도 없고, 오직 이메일을 통해 연락을 주고받는다. 사실 나는 로즈가 여자라고 확신하지도 않는다. 여자일 것 같다는 추측만 하고 있다. 나보다 나이가 많은지 적은지도 모른다. 그러나 이런 것들은 전혀 중요하지 않다. 내 주변은 때때로 익숙한 사람들로 가득하지만, 그들은 그저 공기처럼 존재할 뿐이다.

이메일을 보낸 지 5분 만에 그녀가 보내온 답장은 이랬다.

'비비안(Vivian) 씨에게. 저는 당신에게 완전히 의지하고 있어요. 당신이 바로 옆방에서 일하고 있는 것 같은 느낌이 들어요. 당신은 한 번도 날 실망시킨 적이 없어요.'

나는 미소 지었다. 밤 열한시가 넘어가고 있었다. 여느 사람들이 TV를 끄고, 하품하고, 세수하고 이 닦고, 잠자리에 들 준비를 할 시각, 나는 하루의 일을 시작한다. 창밖으로 검푸른 하늘이 보이고, 5월의 밤바람은 시원하면서도 벌써 후끈한 기운이 느껴진다. 맨발로 커다란 라탄 의자에 앉아 진하게 내린 커피를 마시며 홍솽시*를 피운다. 내 앞에는 텅 빈

---

* 중국의 유명한 담배 중 하나.

컴퓨터 화면이 떠 있다. 나의 일은 적막함 속에서 내 손가락이 자판을 두들기는 소리를 듣는 것이다. 눈앞의 텅 빈 화면이 까만 글씨로 가득 찰 때까지.

나는 글자를 팔아 먹고사는 여자다. 스물다섯 살 때부터 그랬다.

다시 5년 전으로 돌아간다 해도 아마 이렇게밖에 살지 못할 것이다.

「2」 환성을 만난 우연

웬만한 여자라면 스물다섯 살 정도에는 자기 집이 있다. 집이 작더라도 옷장 하나, 어려서부터 끼고 자던 베개 하나 놓을 공간이 마련되면 일단 마음이 놓인다. 그리고 남자가 있을 것이다. 그는 자기 전에 머리를 쓰다듬어주고, 여자는 그의 목에서 나는 살냄새를 맡으며 눈을 감는다. 아이도 있을 수 있다. 그때부턴 마음이 내 안에 있지 않고 다른 사람을 따라 휘청거린다.

스물다섯의 나는 독신이었다. 컴퓨터 한 대로 여러 명의

잡지 편집자와 이메일을 주고받으며 지냈고, 열대어를 키웠다. 그 어여쁜 작은 물고기들은 잠잘 때도 눈을 감지 않는다. 물고기들은 사랑할 일도, 울 일도 없다. 그들은 내 롤모델이었다.

로즈는 이따금 이런 이메일을 보내왔다.

'비비안 씨에게. 당신 소설은 왜 항상 이별로 끝나나요? 비비안 씨의 글을 좋아하긴 하지만, 읽는 건 너무 괴로워요.'

내 답장은 이랬다.

'로즈 씨에게. 그건 제가 수많은 남자에게 당해서 그래요. 온갖 일들을 겪으며 마음이 하얀 재가 되어버렸어요……'

나는 은근히 그녀를 놀렸다. 공기와 맞닿아 차가워진 발을 주물러가며 자판을 두드리는 동안 내 얼굴은 웃고 있었다.

사랑, 내게 그것은 아득히 먼일이다. 열다섯 살 때 같은 반 남자애를 사귄 적이 있다. 순수한 사랑이었다. 겨울 해 질 녘, 내 방에서였다. 내 가슴을 향해 서툴게 다가오는 손을 가만히 지켜보았다. 그가 내쉬는 숨에서 상큼한 레몬 향이 났다. 또 어느 날은 데걱데걱하는 낡은 자전거 핸들에 걸터앉은 그의 입술이 살며시 내 머리카락에 닿았다. 그리고 아름다운 약속은 긴 세월을 가져갔다……

　10년이 흐른 지금, 또다시 사랑의 기쁨에 눈이 멀까봐 두렵다.


　아무래도 내 삶은 끝이 없을 것 같았다.

　내가 원한 건 오직 한 사람이었다. 자는 내 무릎을 어루만져주고, 내 웅크린 몸을 반듯이 뉘어줄 사람. 그런 사람이 없다면 모든 것은 계속될 것이다. 하얀 눈으로 뒤덮인 세상처럼 공허한 삶이 끝나지 않을까 두려움이 밀려올 때도 있었다. 촨성(絹生)을 만나기 전까지는 그랬다.

　그녀를 만난 건 순전한 우연이었다. 하지만 허구는 아니었다. 허구는 소설에서의 개념이다. 만약 허구가 없다면, 나는 먹을 것도 살 곳도 얻지 못했을 것이며, 여느 사람처럼 고층 빌딩 즐비한 도시의 거리에서 활보는커녕 마음 편히 걷지도 못했을 것이다.

　오염된 공기와 빌딩 사이의 그늘을 통과해 내 뺨에 와 닿는 햇살을 좋아한다. 저녁을 배불리 먹고 하겐다즈에 가서 후식으로 스위스 아몬드 아이스크림을 먹는 것도 좋아한다. 그러다 보니 생활이 엉망으로 망가질 때도 있다. 이를테면 3개월 만에 훙쌍시 서른 갑, 그러니까 사흘에 한 갑씩 피우는 것이다. 담배를 사고 보면 짝퉁인 경우도 심심찮게 있다. 짝퉁 담배는 두통과 구토를 유발한다. 하지만 깊은 밤 혼자일 때면 그것은 옛일 생각으로 사람을 차분히 가라앉혔다가 이내 흘러넘치게 한다. 여든 번 거리를 헤맸다. 매일 오후에 일어나 야밤이 되기까지의 공백, 그 시간을 뭉텅뭉텅 흘려보낸다. 버스를 타고 샨시로에 내려 화이하이로까지 걸어간다. 때로는 그냥 태평양 백화점 앞 돌계단에 앉아 오가는 낯선 얼굴을 구경하다 스타벅스에서 커피를 사고 집으로 돌아온다.

바에 앉아 시간을 보낸 적은 쉰 번이다. 그중 두 번은 만취해 테이블에 기어 올라갔다. 다섯 번은 누군가가 택시에 태워 집으로 보내줬다.

열 명의 남자와 데이트를 했고, 모두 흐지부지 끝났다.

열심히 글을 썼다. 40만 자를 썼고, 30만 자를 팔았다.

수면제 세 병을 먹었다.

이상이 겨울서부터의 내 생활이었다.

봄이 올 무렵, 같이 살 사람을 구해야겠다 싶었다. 아름다운 계절을 맞아 삶이 좀 더 따뜻해졌으면 했다. 나는 글을 열심히 썼으므로 삶을 더 누려도 되었다. 오랫동안 꿈꿔온 베트남과 태국 여행도 거기에 포함되었다. 혹은 인도나 이집트처럼 더 먼 곳으로 가는 것도 괜찮았다. 나에게 장소가 가지는 의미는 여느 사람들과 달랐다.

도심에서 멀지 않은 곳으로 이사하기로 했다. 인터넷에 "룸메이트 구함"이라는 글을 올렸다. '월세 분담. 잠이 안 올 땐 말 상대 해줄 수 있음. 최소한 들어줄 수 있음. 밤에 아주 조용함. 현재 혼자 거주 중으로 소리에 민감함. 침실은 각방 사용이며 거실, 주방, 욕실은 공용.' 맨 아래에 내 이메일 주소와 전화번호를 남겼다. 사흘 동안 열 명에게 메일이 왔고, 그중 한 명에게 전화가 왔다.

"비비안 씨, 안녕하세요. 저는 환성이라고 합니다."

마치 열여섯 살 소녀처럼 맑고 깨끗한 목소리였다. 타지 출신이고, 독일계 가전 회사에 근무한다고 했다.

내 기억에 그날 우리 대화는 대략 이랬다.

"지금은 어디 사세요?"

"베이징시로(北京西路)에 살고 있어요."

"좋은 데 사시네요."

"근데 저녁에 과일이나 어묵 같은 걸 파는 노점이 없네요."

"저는 상대방의 자유를 존중해요. 애완동물을 키워도 되고 남자를 데려와도 괜찮아요."

"전자는 제가 시간이 없고, 후자는 기회가 없네요."

그녀가 웃으며 말했다.


내가 좋아하는 부류의 여자였다. 영리하고 융통성 있으며 간결하고 적확하게 표현했다. 우리는 함께 집을 보러 가기로 했다. 그 집 주인은 노교수였는데, 2년간 독일에 나가 있게 되어 세를 놓는다고 했다. 우리는 베이징시로에서 만나기로 했다.


「3」 멈춰버린 시간

비가 와 음습하고 축축한 날이었다. 봄철 내내 이어진 장마 탓에 그러잖아도 혼탁한 공기가 끈적거리기까지 했다. 나는 약속 시간보다 20분 일찍 도착해 빌딩 입구에서 비를 피하고 있었다. 다수의 유명 기업이 입주한 고급 사무용 빌딩이었다. 마침 퇴근 시간이라 쉴 새 없이 돌아가는 회전문에서 사람들이 줄줄이 쏟아져 나왔다. 대부분 똑떨어지는 정장 차림이었지만, 눈에는 피로가 그득했다. 요 몇 년 아무 하는 일 없이 지낸 나로서는 일의 의미와 목적을 알 길이 없었다.

열여덟 살 때 큰길에 있는 아이스크림 가게에서 아르바이트를 한 적이 있었다. 매일 밤 세 시간씩 아이스크림 판촉 활동을 하고 계산을 하고 서빙을 하는 일이었다. 월말에 돈 몇백 위안을 받으면 그 길로 여름내 봐두었던 잔꽃무늬 흐드러진 치마를 사러 갔다. 졸업하고는 대기업에 들어갔지만 얼마 다니지 않아 그만뒀다. 그때부터 일을 하지 않았다. 백수로 수년을 보냈다. 어느 날 보니 나는 추레한 여자가 되어 있었고, 생기라곤 없이 축 처진 상태와 지나치게 격앙된 상태를 오갔다.


쫜성이 초록색 양치식물을 품에 안고 걸어왔다. 마른 몸과 유난히 새카만 눈빛이 먼저 눈에 들어왔다. 그 눈빛은 온갖 일을 다 겪은 아줌마처럼 어지간한 일에는 무감해 보이다가

도 웃을 때는 아이처럼 환해졌다. 대개 순수한 마음을 지녔
지만 아픔을 많이 겪은 사람들이 그렇다. 그녀는 검붉은 비
단에 모란이 수놓인 미니 치파오에 찢어진 청바지를 받쳐 입
고 갈색 스웨이드 부츠를 신고 있었다. 한 걸음을 내딛자 그
명품 부츠가 흙탕물에 빠졌다.

"원래 꽃을 좋아하세요?"

"아뇨. 오늘 꽃 시장에 갔다가 맘에 쏙 드는 게 있어서요."

그녀가 가방에서 담뱃갑을 꺼내며 대답했다.

"담배 피우세요?"

그녀의 손에 든 담배가 눈에 들어왔다. 홍솽시였다. 8위안
짜리 최고급 프리미엄 담배. 내가 웃었다. 우리는 서로 담뱃
불을 붙여주느라 번갈아 고개를 숙였다. 그녀의 품에 있던
초록색 이파리가 내 얼굴에 닿았다.


그로부터 1초 뒤였다. 내가 허리를 펴 첫 모금을 내뱉는 순
간, 난데없이 남자가 떨어졌다. 그는 날카로운 바람을 타고
아래로 미끄러져 잠시 정차 중이던 택시 위로 떨어졌다. 외
마디 소리도 없이. 사람이 아니라 무슨 묵직한 쌀자루 같았

다. 머리가 깨지는 찰나, 흰색과 붉은색 액체가 뒤섞이며 사방으로 튀어 올랐다. 가느다란 빗줄기 사이로 그의 하얀 셔츠가 흙탕물에 젖어갔다.

비명을 질렀다. 좐성이 얼른 내 어깨를 잡고 뒤쪽으로 끌어냈다. 우리는 이후의 과정을 목격했다. 경비가 신고했고, 곧 경찰이 도착해 현장을 봉쇄하고 사람들이 그 주변을 에워쌌다. 죽은 사람은 모 광고 회사의 부사장이었다. 그는 뇌물수수 및 횡령 혐의로 조사를 받던 중이었다. 좐성과 나는 계단에 앉아 박살이 난 시체가 검은색 비닐에 싸여 옮겨지는 광경을 지켜봤다.

"그 사람 신발 한 짝이 저기 떨어져 있어." 좐성이 말했다.

화단 한쪽에 검은색 남자 구두가 덩그러니 놓여 있었다. 그녀가 계속 말했다.

"그 사람은 의식이 끊어지기 전에 신발 신은 걸 후회했을까? 맨발이었다면 하늘나라 가는 길이 좀 더 가벼웠을 텐데."

나는 좐성이 왜 웃는지 알 수 없었다. 이런 기괴한 미소라니. 누군가가 불쑥 내민 손처럼 우리 앞에 떨어진 그 남자의 얼굴이 떠올랐다. 감기지 않은 그 눈은 텅 비어 있었다.

"죽는 게 두려워?"

그녀가 날 보며 물었다.

"어릴 때 집에서 사람이 죽었어. 나는 관 바로 옆에서 지켜봤는데, 어쩜 모든 걸 그렇게 아름답게 멈출 수 있는 건지 이해할 수 없었어. 이제 손가락도 움직이지 않고, 눈물도 흐르지 않고, 시간도 가지 않는 거잖아."

「4」 그늘이 있는 사람들

우리가 세를 얻은 집은 낡고 오래된 주택이었다. 햇볕도 잘 들지 않았다. 앞뜰과 뒤뜰에 있는 커다란 귤나무는 잎이 검푸르고 윤기가 흘렀다. 그 외에 붓꽃, 국화, 장미도 있었다. 좐성은 양치식물 화분을 욕실 창턱에 갖다 놓았다. 그 작은 식물은 야성적으로 자라났다. 욕실 바닥은 하얀 모자이크 타일을 깔았는데, 좁긴 해도 커피 한 잔 들고 사색을 해도 될 정도로 깔끔했다. 샤워할 때는 음악을 들었다. 베란다의 철 난간은 벌겋게 녹이 슬어 있었다. 꽃 모양이 새겨진 마호가니 탁자는 차갑고 매끄러웠으며 싱그러운 나무 냄새를 내뿜었다.

쫜성은 한밤중에 맨발로 집 안을 이리저리 걸어 다니는 버릇이 있었다. 새카만 긴 머리를 늘어뜨린 채 걸어 다니는 그 모습이 꼭 미역 같아 내 목까지 축축한 느낌이 들곤 했다. 또 지하 동굴 속을 기어 다니는 기생 곤충을 연상시키기도 했다. 내가 컴퓨터 앞에 담배를 물고 앉아 글을 쓸 때, 그녀는 바닥에 앉아 카프카를 읽었다.

주말 밤이면 그녀가 내 침대로 파고들어 TV에서 재방송하는 흑백영화를 함께 봤다. 뉴질랜드 치즈를 안주 삼아 얼음을 넣은 위스키도 마셨다. 우리는 눈물을 흘리거나, 붉어진 눈시울로 흐느꼈다. 그러다 화면에 '끝'이라는 글자가 뜨면, 욕을 퍼부으며 욕실로 가 세수를 했다.

그녀는 항상 손톱을 바짝 깎는, 그러니까 보통 이상으로 깔끔을 떠는 여자였다. 속옷 취향은 화려한 검은색 레이스였고, 애완동물과 남자는 키우지 않았다.


그녀는 매일 아침 일찍 샤워하고 옷장에서 옷을 골랐다. 옷 사이사이에는 라벤더향 방향제를 걸어두었다. 그녀의 옷은 비단, 순면, 리넨, 스웨이드 등 관리가 까다로운 고급 소재였고 색깔은 주로 검은색, 흰색, 검붉은 장미색이었다. 얇은 레이스 천을 덧댄 데다 하나하나 울긋불긋한 꽃무늬를 수놓아 에스닉한 느낌을 풍겼다. 그녀의 생활은 더할 수 없이 사치스러웠다. 하지만 나는 그 이면에 있는 결핍을 알았다. 그 모든 것은 그녀 혼자 힘으로 일군 성취였다.

그녀에게는 의지할 남자가 없었다. 늘 정신없이 바빴고 회사에서 밤새는 날도 부지기수였다. 전화 통화를 할 때는 그녀 목소리에 컴퓨터, 전화, 팩스, 프린터 따위의 소리가 뒤섞여 들렸다. 그녀는 만날 수면 부족에 시달렸고, 진한 커피로 멍한 정신을 깨우고 짜냈다. 무릇 비즈니스 사회는 앞으로 나아가지 않으면 밀려나게 마련이다. 이용 가치를 상실하면 곧 몰락하는 세계다. 좐성은 마케팅 분야에서 이제 막 능력을 인정받기 시작한 인재였다. 나는 그것이 타고난 재능이라 믿었다. 그녀는 자유로운 사람으로, 순수한 성정을 타고났지만 그 무엇에도 완전히 사로잡히지 않았다.

그녀 회사의 회식에 간 적이 있다. 좐성이 달성한 매출 실적을 축하하기 위한 자리였고, 많은 사람이 참석해 그녀에게 한마디씩 의례적인 인사말을 했다. 그녀는 술잔을 들고 외국

인 사장 옆에 서 있었다. 발목까지 내려오는 검은색 비단 치마에, 가느다란 어깨끈에 물방울 다이아몬드가 달린 블라우스를 입고 있었다. 긴 머리가 부드럽게 흘러내린 앞가슴에는 조그마한 히아신스 코르사주가 달려 있었다. 그녀는 사람들 앞에서 적절한 미소를 띠고 있었으나 몸은 약간 굳은 듯한 모습이었다. 그녀는 자기 자신을 통제할 줄 아는 사람이다. 나는 지금 내가 보고 있는 건 그녀의 껍데기며, 그 안에 여리고 새하얀 영혼이 조심조심 기어 다니고 있단 걸 알았다.

그녀는 밤이 늦어 귀가했다. 현관에 들어서면서 신발을 차버리고, 샤워부터 했다. 욕조에 몸을 담갔다 하면 몇 시간이었다. 아로마 목욕을 하며 소설을 읽고 음악을 듣느라 시간 가는 줄 모르는 모양이었다. 그녀가 긴장을 이완시키는 유일한 시간이기도 했다. 나는 그녀가 회사에서 일 문제로 동료와 한판 붙은 날이면 집에 돌아와 가슴 통증에 괴로워한다는 것도 알았다.

그녀는 한껏 치장하고 밤 외출을 하기도 했다. 새빨간 립스틱을 바르고 랑콤 향수를 뿌리고 나갔다가 새벽이 되어 돌아왔다. 손에는 마트에서 산 위스키와 커다란 치즈 덩어리가

들려 있었다. 화장을 지우고 씻고 나와서는 속옷 바람으로
캄캄한 데 앉아 옛날 영화를 봤다. 그런 그녀 앞에는 위스키
와 담배가 아무렇게나 놓여 있었다. 헝클어진 긴 머리는 앞
가슴까지 흘러내렸고, 눈빛에는 피곤함이 가득했다.

　나만큼 사는 목적이 명확한 사람도 없을 것이다. 나는 글쓰
기를 하지 않으면 생존할 수 없는 인간이기 때문이다. 하지
만 좐성은 달랐다. 그녀에게는 선택의 기회가 있었다. 물론
그녀는 내게 과거 만났던 남자들 이야기도 했다. 그녀는 남
자들과 밥 먹고, 춤추고, 영화 보며 밤늦게까지 데이트를 했
지만 늘 혼자였다. 한 번도 남자를 집에 데려오거나 외박한
적이 없었다. 선물을 받은 적도 없고 항상 밥값도 똑같이 나
눠 냈다. 사랑하지 않았기 때문에, 칼같이 나눴다.
　"넌 왜 안 행복해 보일까?" 내가 물었다.
　"그들이 하고 싶어 하는 건 내가 하고 싶지 않고, 내가 원
하는 건 그들이 해주지 못해."
　"못한다니, 뭘?"
　"말하자면 약속이나 책임 같은 거. 이런 걸 바라는 건 돈으

론 할 수 없는 사치야."

그녀가 웃으며 말했다.

"비비안, 난 아주 전통적인 여자야. 남자가 날 건사해주길 바라. 난 요리와 빨래를 하고 아이를 낳고. 보통의 중국 여자들처럼 말이야."

"널 건사할 수 있는 남자가 세상에 얼마나 되겠어? 네 치마 하나가 몇천 위안인데."

"그건 내가 번 돈이니까. 만약 남자가 번 돈으로 산다면 천을 끊어다가 내가 직접 만들어 입으면 돼."

"그렇게 살면서 촨성 네가 과연 안정감을 느낄 수 있을까?"

"지금보다야 낫겠지."


우리 대화는 이렇게 끝났다. 촨성은 어둠 속에 오도카니 앉아서 술을 마시고 담배를 피우며 영화를 마저 봤다. 그렇게 다음 날 아침까지 있다가 옷 입고, 신발 신고, 택시를 잡아타고 회사로 출근했다. 잠을 자지 않는 여자였다. 그녀는 아무렇지 않은 것처럼 회사에 나타나 침착한 얼굴로 하루의 일을 시작했다. 동료와 회의를 하고, 토론하고, 전화하고, 고객을 응대했다.

야심한 밤, 그녀가 왕페이(王菲)의 〈그저 오래도록(但願人長久)〉을 틀었다. 이 애절한 멜로디와 소동파의 시*를 왕페이 음색으로 듣는 건 정말 견디기 어려운 일이었다. 그녀는 왔다 갔다 집 안을 서성이며 가슴께의 머리카락을 매만지고 노랫말을 흥얼거렸다.

나는 한 번도 좐성을 보통 여자라고 생각한 적이 없다. 세상에는 그늘이 드리운 삶도 있는 법이다.

「5」 나는 무얼 기다리고 있을까

7월, 좐성은 회의에 참석하러 베이징으로 갔다.

그해 나의 여름은 휴면기였다. 자고 일어나 술집에서 저녁을 보내는 생활은 이어졌지만, 매일 2000자 이상의 글을 쓰는 건 해낼 도리가 없었다.

--------
* 소동파의 〈수조가두(水調歌頭)〉 일부를 노래 가사와 제목으로 차용한 인기 가요.

로즈가 이메일로 독촉했다.

'비비안 씨께. 당신의 이야기를 간절히 기다리고 있어요. 부디 당신이 제 옆 사무실을 떠나지 않기를 바랍니다.'

웃음이 나왔다. 탈모가 생긴 걸 발견한 날이었다. 욕실 타일 바닥에 머리카락이 뭉텅뭉텅 떨어져 있었다. 나는 쪼그리고 앉아 한참 그것들을 만지다 문득 마음이 평온해지는 것을 느꼈다.

좐성이 베이징에 가 있는 동안 나는 잠을 자기 위해 평소보다 훨씬 많은 양의 수면제를 먹어야 했다. 뚜렷한 부작용이 뒤따랐다. 어지럼증은 물론이고 환각 증세도 나타났다. 에어컨이 켜진 방에서, 내 몸속을 흐르는 피의 속도가 점점 느려지는 게 느껴졌다. 아무 소리도 들리지 않는 고요와 어둠 속에서 엄습해오는 눈멀고 귀먹은 느낌은 정말 증오스러웠다. 침대에 누워 그 증오를 들여다봤다.

등 뒤에 남자가 있어서, 잘 때 움츠러드는 내 무릎을 그가 어루만져주면 좋겠다. 따스한 손으로 조금씩, 조금씩 쓰다듬으며 차가운 내 몸을 반듯하게 펴주면 좋겠다. 나는 엄마의 자궁으로 돌아가려는 듯한 자세로 잠들며 뒤틀린 몸이 그대로 굳어버릴까 두려움에 떤다. 그런 나를 그가 온전히 취하려 하고, 그제야 나는 안정감을 느낀다.

내 눈앞에 그림자가 하나둘 나타난다. 그리고 그 남자다. 추락한 그 남자. 그의 몸에서 날카로운 바람 소리가 난다. 흰색과 붉은색의 액체가 사방으로 튀어 오른다. 그의 구두가 보이지 않는다.

그날 밤, 나는 늘 가던 술집으로 향했다. 하얀 목조건물에 들어서자 어슴푸레한 누런 불빛 아래 연기가 자욱했다. 검은색 끈 원피스 차림으로 바에 앉아 담배를 피웠다. 새벽 한두 시쯤 되니 밴드가 추억의 올드 팝송을 부르기 시작했다. 손바닥만 한 플로어가 텅 비어 있었다. 나는 화장실에 가기 위해 바 의자에서 뛰어내려 벨벳 끈 샌들에 발을 쑤셔 넣으려 했다. 굽이 높고 예쁜 이 샌들은 쾌성 것이다. 무슨 심통인지 나는 그것들을 발로 차버렸다.

화장실 거울에 비친 내 얼굴은 발그레 장밋빛이 되어 있었다. '난 누굴 기다리는 걸까?' 생각했다. 웃어보았다. 거울 속 미소가 아직 싱그러웠다. 좁은 복도의 한쪽 벽에 기대어 담배를 피우고 있는데 한 남자가 다가와 말을 걸었다.

"안녕하세요."

갈색 머리칼에 속눈썹이 길게 위로 뻗은 남자였다. 탁한 향수 냄새가 코를 찔렀다.


"중국어를 잘하시네요."

내 풀린 눈이 그를 쳐다봤다.

"상하이에 4년 살았어요." 그가 웃으며 말했다. "신발을 버리면 안 되죠." 그의 손에 내가 차버린 샌들 두 짝이 들려 있었다. 나는 아무 말도 하지 않았다. 머리가 깨질 것처럼 아파 그를 보고 웃는 일 외엔 할 수 있는 게 없었다. 그의 몸이 다가왔다.

"어디 안 좋아요?"

크고 뜨거운 손이 내 얼굴을 짚었다.

"고마워요. 술을 좀 마셨어요."

내 꼴이 어떤지는 안 봐도 훤했다. 밤새 잠 한숨 안 자고 줄담배를 피운 데다 화장도 안 했으니 얼마나 초췌할까. 눅눅하게 덩어리진 머리카락에 까칠한 피부는 또 얼마나 가관일까. 그냥 낯빛이 좀 안 좋은 동양 여자겠거니 할까. 고개를 젖혀 천장을 봤다. 모호한 광선들이 어지럽게 움직이고 있었다. 난 뭘 기다리고 있는 거지. 내가 나에게 물었다.

그가 정장 재킷 주머니에서 작은 초콜릿 하나를 꺼냈다.

"초콜릿은 기분이 좋아지게 하죠."

그의 앞에서 은박지 포장을 벗겨 달콤하고 매끄러운 초콜릿을 입술 사이로 밀어 넣었다. 그가 미소 지었다. 웃는 얼굴이 서른다섯 살은 넘어 보였다.


그는 내 손을 잡아끌어 지상으로 올라왔다. 그리고 가로변에서 지나던 택시를 세웠다. 눈부신 가로등 불빛에 왠지 모를 안도감이 느껴졌다. 그의 얼굴을 들여다봤다. 유럽인 특유의 차분한 얼굴선에 눈은 갈색이었다.

"집까지 바래다줄게요."

그가 명함을 건네며 말했다. 존(John). 아일랜드 사람이었다.

"맨발로 있는 모습이 꼭 하늘에서 부랴부랴 내려온 천사 같더군요." 그가 웃으며 말했다.

"중국에는 선녀가 마음에 드는 남자한테 시집가려고 하늘나라에서 내려온다는 전설이 있어요."

"그것도 괜찮네요. 당신 맘에 드는 쪽으로 합시다."


그가 내 머리카락에 가볍게 입 맞추고 뒤돌았다.


「6」 행복은 한순간의 기억일 뿐

거실에 여행 가방이 놓여 있었다. 좐성이 돌아온 모양이었으나 그녀의 방은 굳게 잠겨 있었다. 살짝 노크했다.

"좐성. 좐성."

"피곤해. 우리 내일 얘기하자."

그녀는 상냥하게 말했지만, 나와보지는 않았다. 나는 내내 뒤척였다. 거실에서 소리가 들렸다. 음식 끓이는 소리, 맥주 따르는 소리, 전기 주전자에서 물 끓는 소리, 수건 찾는 소리…… 말소리만 들리지 않았다뿐 부스럭거리고 달각거리는 소리가 끊이지 않았다. 오늘 좐성의 손님이 왔다는 걸 깨달았다. 그녀가 누군가를 데려온 건 이번이 처음이었다.


한밤중에 쏴쏴 비가 쏟아졌다. 온 도시를 집어삼킬 듯이 요

란한 빗소리였다. 나는 담요를 몸에 둘둘 감고 찬물에 수면
제를 삼켰다.

새벽에 꿈을 꿨다. 추락한 그 남자가 나오는 꿈이었다. 그
가 한 마리 새처럼 양팔을 벌린 채 하늘에서 서서히, 서서히
날아서 내려와 쿵 하고 내 앞에 넘어졌다. 그는 쫜성이었다.
나는 소스라치며 벌떡 일어나 앉았다. 심장이 마구 뛰었다.
시곗바늘은 세시를 가리키고 있었다. 거실로 나갔다. 쫜성이
거실 창턱에 앉아 짙푸른 밤하늘을 바라보며 담배를 피우고
있었다.

머리카락이 검은색 브래지어를 덮고 있었다. 얼굴에는 눈
물 자국이 남아 있었는데, 눈은 웃고 있었다.

"쫜성, 그 사람 갔어?"

"아니. 자고 있어."

그녀가 내 쪽으로 고개 돌리며 미소 지었다.

"비비안. 나 좀 안아줘."

평온함이 담긴 어조였다. 우리는 서로 껴안았다.

"쫜성, 나 이만 쉬러 갈게."

내 말에 그녀가 긴 이야기를 할 듯한 자세를 취했다. 이제

야 마음속 이야기를 꺼낼 준비가 된 모양이었다. 그녀는 나에게 오늘 일을 제대로 이야기하지 않았다. 그런데 지금 이 순간, 그녀의 눈가에서 기쁨의 눈물이 하염없이 흘러내렸고, 그녀의 목소리는 환상을 깨뜨리지 않으려는 듯이 속삭였다.

"그를 처음 만났을 때, 그해 겨울 상하이는 예년보다 일찍 눈이 내렸어. 우리는 레스토랑에서 나와 술집으로 가려던 참이었는데, 하늘에서 눈이 펄펄 내리기 시작했어. 희미한 가로등 불빛 아래 가느다란 눈꽃들이 흩날리고, 내 얼굴에도 살포시 앉았어. 바람은 살을 에일 듯이 차가웠어. 그해 겨울 중에서 가장 추운 밤이었거든. 내가 그에게 '눈이 왔어요'라고 말했어. 그의 검은색 외투를 잡으면서 말이야. 그 사람이 고개 숙여 날 보고 웃었어. 우리가 만난 지 딱 세 시간째였어. 난 그 순간 그를 따라가게 될 거란 걸 알았어. 그날 그를 만난 건 순리대로 일어난 일이었어."

촨성이 한숨을 쉬더니 술잔을 입으로 가져갔다. 눈물이 술잔으로 떨어졌다.

"인연을 어떻게 헤아릴 수 있겠어. 바로 다음 순간 무슨 일이 일어날지 우리는 알 수 없어." 내가 말했다.

그녀가 이런 돌무더기 도시에 온 건 순전히 그를 위해서였다. 그는 그녀에게 전화로 말했다.

"내가 잘해줄게. 영원히 널 떠나지 않을 거야."

남자의 약속이란 여기까지다. 헤어질 땐 늘 "찬성, 잘 자"라고 가볍게 인사를 건넸다. 나지막한 목소리는 더없이 부드러웠다. 그녀는 그런 남자 때문에 베갯잇을 적셨다. 직업도 없이 6년간 다른 여자와 동거한 남자였다. 그전까지 그들의 삶은 똑같이 혼란스러웠고, 거절과 도망에 익숙했다.

이 도시에 온 뒤로는 누구도 사귀지 않았다. 그녀에게는 그밖에 없었다. 그도 그녀를 원했다. 그래서 가족들과 함께 사는 집에 그녀를 데려갔다.

그날 밤 그녀는 그의 집, 그의 방에서 잤다. 거실 불 끄는 소리가 들리고 곧 그가 문을 열고 들어왔다. 그의 머리카락은 젖어 있었다. 그가 이불을 젖히고 그녀에게 다가서며 "허락해줘"라고 말했다.

행복했다면, 그건 순간일 뿐이다. 짧은 순간, 순간이었다. 방 안의 어둠이 바다 같았다. 그녀는 어릴 적 부모님을 따라 배를 타고 섬에 간 적이 있다. 밤배가 풍랑을 만나 요동쳤고,

그녀는 조그마한 침대에 누운 채 파도에 휩쓸려 세계의 끝으로 가고 있다고 생각했다. 그리고 그 순간, 세계는 존재하지 않았다. 오직 그와 그녀, 서로 사랑하는 두 사람뿐이었다.

그녀는 자신의 살결을 어루만지던 그의 따뜻한 손길을 기억했다. 그의 키스는 하늘을 가르며 나는 새들을 연상시켰다. 그는 그녀의 몸속에서 난폭하고 방종했다. 반면 잠든 그의 얼굴은 순수 그 자체였다. 그녀는 잠에서 깼을 때 옆에서 곤히 자고 있던 그를 기억했다. 새벽빛이 창문 커튼을 뚫고 조금씩 방 안으로 들어오는 광경을 기억했다. 그녀는 행복해서 마음이 아팠다.


그녀는 기억했다.


「7」 그는 나를 사랑하지 않았을지 모른다

쫜성의 팔이 차가워져갔다. 나는 들어가서 자라고 말했다. 그녀는 나약하던 예전과는 전혀 달리 물처럼 평온해 보였다. 나는 그들의 기이한 관계를 생각했다. 서로 사랑한다면서 쫜성은 왜 이렇게 오래 혼자 지냈는지. 그 남자는 어디에 있었는지. 아침에 그 남자를 봤다. 좐성은 주방에서 밥을 하고, 새벽 시장에서 사온 새우와 게를 손질했다. 그 남자는 거실에 앉아 VCD로 홍콩 영화를 보고 있었다. 면 티셔츠를 입은 모습이 건장해 보였고, 머리는 장발이었다.

좐성 쪽으로 눈을 돌렸다. 그녀는 단출한 면 셔츠와 청바지 차림에 머리는 단정히 하나로 묶었고, 주방에서 채소를 씻는 데 정신을 쏟고 있었다.

"오늘 집에서 같이 밥 먹자." 그녀가 말했다.

"아냐. 나 일이 있어서 나가봐야 해."

아무래도 단둘이 보낼 시간을 좀 더 주고 싶었다. 난 도서관이나 한 바퀴 돌고 오면 되었다.

"같이 먹어요."

그가 내게 말했다. 가라앉은 목소리였으나 표정은 예의 바르게 보였다. 그의 입술이 눈에 들어왔다. 마치 키스와 연애를 위해 만들어진 것처럼 많은 감정이 담긴 선이었다. 속눈썹도 풍성하고 진했다. 이상하게도 나는 그에게서 위험을 감지했다. 어쩐지 그와 좐성은 관련이 없는 사람들 같았다.

그들은 같은 문제를 두고 다른 결과를 생각했고, 같은 사건을 다른 각도에서 바라봤다. 이런 두 사람이 함께하는 건 상대를 더 외롭게 할 뿐이었다. 적어도 현재 그녀는 히스테릭한 여자가 되어가고 있었다.

"저 남자, 계속 여기 있는 거야? 내가 잠시 다른 데 있다가 방 알아봐도 돼."

집을 나서다 좐성에게 살짝 물었다.

"아니. 저 사람 상하이에 자기 집 있어. 그 집으로 갈 거야."

"널 사랑하는 거면 와서 같이 살아야지."

좐성이 한참 만에 입을 열었다.

"저 사람은 집에서 나오고 싶어 하지 않아. 가족들한테 많이 의지하거든."

"그럼 안 되지. 널 사랑한다면." 내가 말했다.

"날 사랑하지 않을지도 몰라."

"문제가 있어, 좐성. 저 남자 가고 나면 우리 다시 얘기해."

그가 그날 저녁에 바로 떠날 줄은 몰랐다. 일부러 술집에서 술도 몇 잔 마시고 밤 열한시가 넘어 들어갔더니, 온 집 안이 커튼이 꽁꽁 쳐져 캄캄했다. 좐성 방으로 가봤다. 그녀는 TV도 켜지 않고 침대에 앉아 담배를 피우고 있었다.

"갔어?"

"응."

담담한 목소리였다. 침대 주변 바닥에는 빈 술병과 담배꽁초가 흩어져 있었다. 좐성의 손이 차가웠다.

「8」그의 냄새로 가득 찬 공기

그날 밤 우리는 같이 잤다. 좐성이 또 이야기를 들려줬다. 그의 집안은 풍족하고 이기적이라 여기저기 떠돌며 제멋대로 사는 여자를 받아들이지 못한다고 했다. 그녀의 입에서 자부심과 고집이란 말도 나왔다. 그녀는 매일 야근하며 정신없이 바쁜 나날을, 그는 TV를 보고 자는 게 전부인 망가진 일상을 보냈다. 물론 그는 돈도 벌지 않았다.

"그 남자, 사업을 했던 적도 있어. 너무 어렸고, 돈을 헤프게 쓰는 데다 제멋대로라 얼마 안 가 빈털터리가 됐어. 다른 여자와 몇 년간 동거한 과거도 있었고. 원래는 자상한 편이었는데 그 여자가 떠나면서부터 폭력적이고 냉정하게 변했대. 이렇게 엉망진창으로 살았어. 출근하려면 지날 수밖에 없는 길이 있었어. 정말 더러운 곳이었어. 길가에 시커먼 도랑이 있었는데 썩은 물에서 나는 악취 때문에 거길 지나려면 구역질이 났어. 매서운 추위에 가로등은 어둡지, 얼굴도 잘 안 보이는 공사판 인부들이 그 길 위에 서성일 때도 있었어."

그녀는 늘 그가 마중 나와주기를 내심 바랐지만 한 번도 말하지 않았고, 그는 그녀가 무얼 원하는지 끝내 알지 못했다. 그녀는 그에게 반지를 받고 싶었지만 그는 돈이 없을 땐 그걸 사주지 못했고, 돈이 있을 땐 잊어버렸다.

그들은 밤에만 같이 있었다. 그는 그녀에게 다가가려 했고 그녀를 품에 안으려 했다. 그녀는 그의 손과 피부를 보면 마음이 풀리고, 저려왔다. 그래서 그를 사랑하는 줄 알았다. 그녀는 무엇도 원망하고 싶지 않았다. 그들은 매일 밤 섹스했다. 그런 접촉 말고는 어디에서 안정감과 따뜻함을 느낄 수 있을지 그녀는 알지 못했다. 그 순간이 좋았다. 어둠의 바다에서 세계의 끝으로 떠내려가는 듯한 느낌이 들었다. 삶의 공허와 추위로부터 도망칠 수 있었다.

한 달 후 그녀는 임신했다. 일을 그만둘 수는 없었다. 그래서 아이를 지키지 못했고, 그의 집에서 나왔다.

그녀가 떠난 뒤 그는 계속 전화를 걸어왔다. 보통 일주일에

한 통이었다. 그때 그는 일을 구해 일주일에 5일은 타지에 나가 있었다. 그의 전화는 늘 갑자기 걸려왔다. 그러고는 낮은 음성으로 말했다. "잘 지냈어? 난 잘 지내. 출장 중이야. 알았어. 몸조심해. 밥 잘 챙겨 먹고. 알았어."

그들의 대화는 간단했다. 그녀는 당시의 말투와 목소리를 후회했다. 얻어맞기라도 한 사람처럼 무력하게 방어만 할 뿐, 말 한마디 맞받아치지 못한 것을 후회했다. 그때 그녀는 그에게 무슨 말을 해야 할지 알지 못했다. 그녀의 정신은 이미 무너지고 있었다.

3개월 동안 그녀 곁에는 남자가 없었다. 그녀가 그를 떠났기 때문이었다. 물론 그는 그저 지구상의 무수한 남자 중 한 명일뿐이었다.

그가 사람들 사이로 사라졌을 때, 그녀 곁에는 여전히 남자들이 끝없이 자라는 식물처럼 무성했다. 그녀가 하는 일도 순조롭게 진행되어 앞날이 트일 무렵이었다. 하지만 그녀는 그의 냄새, 그 머리카락과 손의 냄새를 잊지 못했다. 그의 순면 속옷 냄새, 그의 셔츠 깃에서 나는 냄새, 하룻밤이 지나야 사라지는 그의 아르마니 향수 냄새도. 그녀는 어째서 저 혼자 다른 사람의 냄새를 이토록 깊이 그리워하며 잊지 못하는지 이해할 수 없었다. 한 남자가 떠난 뒤 남겨진 냄새가 공기 중에 부유했다. 날개가 찢긴 새들처럼 소리 없이 느릿느릿 맴돌았다. 한 바퀴, 또 한 바퀴. 한 바퀴, 또 한 바퀴……

도무지 남에게 설명하기 어려운 감정들이 있다. 그걸 표현할 수 없을 때는 침묵을 선택하는 것 말고는 방법이 없다. 어딜 가도 공기에 그의 냄새가 배어 있었다. 그리고 그 남자는 사라진 게 확실했다. 그녀가 베이징 회의에 가며 공항에서 전화를 받을 때까지는 그랬다.


「9」 대체 불가능한 건 없다

"그 사람이 약속했어?" 내가 물었다.

"예전에. 영원히 잘해주겠다고, 날 떠나지 않겠다고 했었지. 이게 그가 한 약속이야." 촨성이 미소 지으며 말했다.

"지금을 말하는 거야."

"그 사람이 막 사업을 시작했어. 아직 수입은 얼마 안 되지만, 주문이 많나봐."

"그럼 아직은 안정적인 가정을 꾸리지는 못한단 말이네.

가끔 널 보러 올 뿐. 그 가끔인 하루는 종일 VCD만 보고, 넌 밥해주고 빨래해주고, 거기다 몸 주고 돈까지 빌려주고? 그런데 그는 심지어 너랑 대화도 안 하고 같이 시간도 안 보내."

그녀는 아무 말도 하지 않았다.

"쫜성. 왜 그렇게 너 자신을 하찮게 여기는 거야? 주변에 너 좋다는 남자가 수두룩하잖아. 그중엔 그 사람보다 훨씬 나은 남자들도 있고."

"난 이제 남자를 못 믿겠어. 사람들 앞에 나서기도 싫고, 서로 속고 속이는 장사도 싫어. 난 지쳤어. 이젠 강한 척하기 싫어."

"네 곁에서 보살펴줄 누군가가 있어야 해, 쫜성. 퇴근하고 나서 같이 밥 먹고, 같이 영화 보고, 같이 거리를 돌아다니기도 하고. 힘들 땐 네 눈물을 닦아주고, 잠 못 들 땐 널 쓰다듬어줄 사람이 필요해. 가정을 꾸리고, 아이를 낳고, 집에서 밥 해 먹고 빨래하는 평온한 시간을 함께할 사람. 넌 늘 네 주변에 있는 남자들을 내치잖아. 어쩌면 그들이 이런 따스한 삶을 만들어줄 수도 있단 건 생각 안 해봤지."

"아니. 내친 거 아니야. 난 그냥 똑똑히 아는 것뿐이야. 이 도시에서 살아남는 게 어떤 건지를. 모호한 감정이 너무 많다는 것도. 하지만 다 쓸데없는 감정이야."

그녀가 나지막한 목소리로 말했다.

"그래서 차라리 그런 남자를 믿은 거니? 단지 그 사람을 처음 만났을 때 네가 빈털터리라서, 주변에 끈 하나 없는 여자라서? 단지 그 사람이 한순간 따뜻함을 느끼게 해줘서? 그 남자가 너에게 줄 수 있는 건 그 순간이 전부야. 그것뿐이라고."

내가 말할 가치도 없다는 듯 비웃었다. 그녀는 날 보며 입술을 파르르 떨면서도 미소를 잃지 않았다.


나는 항상 내 미래를 생각한다. 작은 술집을 차리면 당장 먹고살 수 있을지 고민한다. 그리고 내가 사랑하는 남자가 플로어 저편에서 조용히 브랜디 한 잔을 마시다 우리가 같이 좋아하는 음악이 나오면 나에게 다가와 춤을 권하는 장면, 혹은 아침마다 아이들 네댓 명이 내가 나눠주는 따뜻한 우유를 마시려고 복닥거리는 장면을 상상하곤 한다.

그녀의 눈물이 어깨로 툭 떨어져 흘렀다. 그녀의 쓸쓸한 눈빛은 부와 명예가 가져다주는 공허한 위안을 퇴색시켰다. 그녀는 아무것도 가진 것 없는 여자일 뿐이었다. 누구도 사랑하지 않고, 자신을 사랑해줄 사람이 있다고 믿지도 않는다. 다가가 그녀를 안아주었다. 그녀가 내 옷을 움켜쥐고 내 품에 얼굴을 파묻었다. 두 어깨가 들썩였다.

"콴성, 난 지금까지 술, 담배, 글쓰기, 수면제에 의지해 살아왔어. 살아야 했으니까. 공허해도 계속 살아가야 해. 모든 건 다른 무언가로 대체될 수 있어. 사랑, 과거, 기억, 실망, 시간 따위 전부 그래. 하지만 너 혼자 힘으로 벗어날 수는 없어."

「10」 여기서 아직 널 기다리고 있어

나는 그날 로즈에게 이메일로 새 소설을 보내며 감상을 덧붙였다.

'로즈 씨에게. 이별한다고 해서 사랑이 끝나는 건 아닌 것 같아요. 사랑을 끝내는 건 절망이죠. 왜 어떤 사람들은 여자의 삶에서 사랑이 가장 중요한 기둥이고, 일과 돈은 사랑을 거드는 존재일 뿐이라고 생각할까요. 후자가 전자보다 훨씬 더 큰 안정을 안겨주는데 말예요. 저는 사랑이 손안에 든 한 줌의 흙이란 걸 알아요. 그걸 주무르는 건 단지 삶에 필요한 재화를 얻기 위해서고요. 저는 생존을 유지하기 위해 연애소설 집필을 선택한 거예요.'

로즈가 답장을 보냈다.

'비비안 씨에게. 그런 부류는 삶의 본질을 꿰뚫어 볼 줄 아는 사람들이죠. 그들은 위안을 얻기 위해 허무하지만 사랑을 선택해요. 가질 수 없으므로, 그들의 고통과 행복은 거기에 기대야만 계속될 수 있어요. 그건 곁에 있는 누구도 이해할 수 없어요. 가장 하지 말아야 할 것이 그들을 설득하려 드는 거예요. 이미 그럴 필요가 없거든요.'


그가 없는 동안 좐성은 전보다 평온해 보였다. 우리는 저녁 약속을 잡고 밖에서 만나기도 했다. 보통 좐성의 회사 근처 일식집으로 갔다. 그녀는 종종 혼자 거기서 저녁을 먹었다. 두 사람이 가면 송죽매*와 생선회를 주문하곤 했다. 그녀는 겨자 소스를 아주 진하게 섞어 매운맛이 코를 톡 쏠 때의 질식할 것 같은 쾌감을 즐겼다. 송죽매의 투명한 액체는 피부와 위장을 따뜻하게 하고, 사지를 스르르 풀리게 한다. 그러면 마음속의 어떠한 근심과 슬픔도 모두 사라진다. 가게의 조명은 은은했다. 에어컨 아래 걸린 흰 천이 나부끼고, 이따금 흰 두건에 흰 앞치마 차림을 한 남자가 빼꼼 고개를 내밀어 초밥 접시들을 회전 벨트 위에 올려놓았다. 낮에는 어지러운 음악 소리가 그곳을 가득 메웠고, 밤이 되면 애절한 발라드가 흘렀다.

우리는 손님이 모두 사라질 때까지 그 가게에 남는 날이 많았다. 문밖으로 드문드문 지하철 막차를 타기 위해 걸음을 재촉하는 행인을 보며 담배를 피우곤 했다. 조그마한 청화백자 술잔에는 사케 한 모금이 담겨 있었다. 찬성 손목에 걸려 있던 은팔찌가 잔을 들고 놓을 때마다 팔꿈치까지 왔다 갔다 했다. 둘 다 말이 없었다. 그때 그녀는 신경쇠약을 심각하게 앓고 있었다.

---

*사케의 한 종류.

국경절을 맞아 좐성은 부모님 집에 내려갔다. 연휴 직전 그
녀는 회사 글로벌네트워크 부문에서 수상을 했다. 적지 않은
액수의 보너스도 받았다. 부와 명예를 동시에 거머쥔 셈이었
다. 그녀는 이름만 대면 누구나 알 만한 다국적 광고 기업으
로 이직도 준비 중이었다. 뭇사람 눈에 비치는 좐성의 삶은
만족할 만한 것이었다.

그날은 비가 내렸다. 그녀가 아침 일찍부터 방에서 짐을 쌌
다. 그러다 부모님 주려고 산 선물을 끄집어내 내게 보여줬
다. 수를 놓은 비단 치파오 원단과 술 장식이 달린 양모 숄,
그리고 에스티로더 화장품 세트였다. 그녀는 씀씀이가 컸다.
특히 선물을 고를 때 비싼 물건을 턱턱 잘 샀다.

"부모님이 부쩍 늙으셨어. 찾아뵐 때마다 그새 또 달라지
셔서 마음이 안 좋아."


우리는 택시를 타고 시외버스 터미널로 갔다. 좐성의 고향
은 상하이에서 고속버스로 몇 시간 거리였다. 지저분하고 협
소한 터미널에 들어서니 좐성이 입은 하얀색 자수 패딩이 돋
보였다. 시멘트 바닥은 많은 발자국으로 질척하고 어수선했

고, 퀴퀴한 냄새를 풍기는 막일꾼 한 무리가 나일론 포대를 짊어진 채 사람들 틈에서 부대끼고 있었다. 가까운 매점에서는 차예단(茶葉蛋)*과 성인잡지 따위의 정기간행물을 팔았다.

촨성은 그곳에 한참 서 있다가 생수 한 병을 사 커다란 짐 가방에 쑤셔 넣었다. 그녀는 짐가방을 매고 표를 사기 위해 줄 선 사람들 사이를 비집고 들어갔다. 두 손은 태연하게 바지 주머니에 꽂고 있었다. 나는 그녀를 살폈다. 머리가 부쩍 자란 것 같았다. 잔뜩 헝클어진 땋은 머리는 등까지 내려왔다. 군데군데 고무줄이 끊어진 듯했다. 대부분의 경우 그녀는 더할 나위 없이 평범한 여자로 보였다. 평범하고 따뜻한 남자와 결혼해서 평범하고 따뜻한 일생을 보낼 수 있을 것 같았다. 그러나 술자리에서 많은 사람에게 빼곡히 둘러싸이는 순간, 그녀의 미소는 산산이 깨지고 몸에서는 차가운 기운이 뿜어나왔다. 나를 돌아보던 그녀의 눈은 텅 비어 있었다.

"집에 일찍 들어가. 알았지?" 내가 말했다.

"알았어."

---

* 간장, 오향, 찻잎 등과 함께 삶은 달걀.

그녀가 대답하는 찰나, 내 마음 위에 손 하나가 얹힌 듯했다. 나는 그게 무슨 느낌인지 잘 알지 못했다. 그녀는 야생식물처럼 웃자란 여자였다. 누구의 주목도 받지 못했지만, 이렇게 걸쭉한 진액이 든 꽃을 피워내 사람들을 두려움에 떨게 했다. 그녀가 고개 돌려 내게 말했다.

"저번에 왔을 때도 혼자 가방을 짊어지고 여기서 내렸었어. 그땐 정말 아무것도 없었어. 일도 없었지. 근데 여기서 날 기다리던 남자가 있었어."

그녀가 다시 고개를 돌려 먼 곳을 바라봤다. 텅 빈 출입구 쪽이었다. 강산은 여전한데 사람만 간데없었다. 그녀가 망연자실한 표정으로 웃었다.

"네가 돌아올 때 여기서 널 기다리는 여자가 있을 거야."

내 말에 그녀가 웃었다. 그리고 온화한 얼굴로 날 빤히 쳐다보다 뺨에 입을 맞췄다.

"내 양치식물에 물 주는 거 잊지 마. 아주 조금만 주면 돼."

그녀는 이렇게 말하고 차에 올랐다.

그녀는 다시 돌아오지 않았다.

### 「11」 불꽃놀이를 보다

그녀는 집에 머무는 이틀 동안 이불을 머리끝까지 뒤집어 쓰고 자는 것 외에 아무것도 하지 않았다. 그 모습은 마치 상처 입은 동물 같았다. 음침한 구석을 찾아 어둠 속에서 고통스러운 상처가 아물기를 기다리는 동물이었다. 방에는 오래된 책이 많았다. 그중에는 그녀가 10대 때 산 시집도 있었다. 벽에 걸린 옛 사진 속 그녀는 흰 치마를 입고 바닷가 모래사장에서 밝게 웃고 있다. 색 바랜 흑백사진이지만, 드넓은 하늘을 떠가는 구름이 그대로 느껴졌다. 그녀가 스무 살 때였다. 그녀는 시간이란 물처럼 흘러 손가락 사이로 스르르 빠져나가는 것임을 알았다.

어머니는 그녀 방을 깨끗하게 치워놓고, 매일 메뉴를 바꿔가며 채소를 삶고 국을 끓였다. 그녀를 조금이라도 더 잘 먹이려 신경을 썼다. 상하이에서 매일 패스트푸드와 도시락으로 연명한 탓에 그녀의 위장은 상할 대로 상해 있었다. 저녁에는 가족과 함께 둘러앉아 뉴스를 시청했다. 예전의 그녀라면 절대 견디지 못했을 시간이었다. 하지만 이제 그녀는 차분히 부모님께 차를 따라드리고, 매실 말랭이를 건네고, 말동무가 되어드렸다. 모두가 잠든 밤, 그녀는 어머니가 조용히 자신의 방으로 들어와 이불을 다시 덮어주는 소리를 들었다.

그의 가족들과 함께 살던 상하이집에서 그녀는 객식구였다. 어려서부터 집 밖을 떠돌며 지내온 그녀 성격에 남의 집에 얹혀사는 건 견디기 힘들었다. 그 집을 나온 후로 아무에게도 의지하지 않고 혼자 살았다. 그녀의 외로움에는 어린 시절 드리운 그늘의 서늘함이 서려 있었다. 그녀의 생활은 늘 불완전했다. 그녀는 이 도시에 계속 머물 수 없었다.

집을 나서 무작정 돌아다니기도 했다. 예전에 다녔던 학교, 거리, 골목 등을 둘러봤다. 이 도시는 역시 살풍경스러우면서도 조잡스러웠고, 풍족하면서도 편협한 생활에 무뎌진 얼굴들이 연이어 나타났다. 여기서는 지극히 평온한 마음이 아니면 계속 살아갈 수 없을 것 같았다.

언젠가 플라타너스가 죽 늘어선 그 길 위에서 그녀를 기다리던 사람이 있었다. 그녀는 그 미소를 아직 기억한다. 그녀가 떠난 뒤 그는 결혼했다. 누구나 상처를 주거나 상처를 받으며 살아간다. 누구나 다른 누군가를 원망할 수 있다.

　그녀는 옛 단짝이었던 차오(喬)를 찾아갔다. 차오는 출산
한 지 얼마 안 돼 아직 붓기가 남아 있었다. 예전의 싱그러움
은 전혀 찾아볼 수 없었다. 반면 신생아의 앙증맞은 손과 귀
의 피부는 어찌나 투명한지 그 안을 흐르는 피가 비칠 정도
였다. 차오의 집은 비좁았다. 형편이 아직 나아지지 않은 모
양이었다. 하지만 차오에게는 자신을 끔찍이 아끼는 남편과
귀여운 자식이 있었다. 차오가 그녀 앞에서 윗옷을 걷어 올
려 아이에게 젖을 물렸다. 그 거리낌 없음은 모성애에 기인
한 것으로, 교만과는 전혀 다른 인상이었다. 그랬다. 한 여자
의 삶이 통째로 변해 있었다. 이제 그녀의 마음은 그녀 자신
만의 것이 아니었다.

　그녀가 아이를 안고 뽀뽀하며 웃었다. 그 순간 그녀는 행복
감과 죄책감을 동시에 느꼈다. 그녀는 아이를 잃은 적이 있
었다. 그 후로 내내 죄인의 심정으로 살아왔다. 하지만 달리
또 어떻게 할 수 있었을까. 그녀의 삶은 차오의 그것과는 달
랐다. 그녀는 언제나 앞으로 나아가야 했고, 자기 자신을 의
지해야 했다. 차오와 헤어지고 집을 나서 어둠 속을 걸었다.

갑자기 그에게 전화를 걸고 싶었다. 그는 그녀의 마지막 남자였다. 그녀는 이미 지쳐 있었다. 하지만 멈추고 싶을 때마다 자신이 멈추지 못한다는 사실만 깨달을 뿐이었다.

"나 보러 와." 그녀가 말했다.

그는 가지 않았다. 흐릿한 목소리가 술집에 있는 게 틀림없었다.

"네 부모님 만나는 게 내키지 않아."

그의 말에 그녀는 침묵했다. 이윽고 그가 말했다.

"네가 항저우로 올래? 밤에 불꽃놀이 하거든."

그녀의 눈물이 소리 없이 뺨을 타고 흘러내렸다. 눈물이 계속 흘렀지만 그녀는 애써 소리를 죽였다. 그리고 물었다.

"나 사랑해?"

시끌벅적한 술집에서 만취한 그가 꼬부라진 혀와 거친 목소리로 말했다.

"왜 또 쓸데없는 소리야. 지금 친구들이랑 같이 있어."

그는 이번에도 뭐 하는 사람들인지 알 수 없는, 이른바 고객, 또는 친구들과 어울리고 있었다. 그는 사람들과 부대끼는 것을 좋아했다. 사람들이 없으면 자동으로 몸이 늘어졌다. 소파에 누워 TV만 쳐다볼 뿐 아무런 활동도 하지 않았다. 그의 술자리는 한 번, 또 한 번, 끝없이 이어졌다. 그렇지만 그녀에게 그만큼 가까이 지낸 남자는 없었다. 그녀는 이만 자기 자신을 놓아주고 남자를 받아들이고 싶었다. 모든 것은 운명에 맡기기로 했다. 그의 퇴폐적이고 야만스러운 마음이 고요해지려면 10년이 걸릴지도 몰랐다. 그러나 그녀의 마음은 서서히 늙어가고 있었다. 늙고 지쳐 금방이라도 산산이 무너질 듯했다.

이튿날, 그녀는 터미널로 가 딱 한 장 남은 항저우행 차표를 샀다.

그녀는 내게 쓴 이메일에서 이렇게 말했다.

'오랜 시간 서로에게 상처를 입히고 도망 다녔는데, 그 모든 의도와 결말이 흐지부지돼버렸어. 사랑은 단지 어떤 꿈의 대명사일 뿐인지 몰라. 그리고 난, 그냥 그와 함께 하룻밤 불꽃놀이를 보고 싶었던 거야.'

「12」 세계의 끝으로 가는 길

고속버스가 도로 위를 질주했다. 창밖으로 초록빛 들판이 펼쳐졌고, 드문드문 한적한 시골집이 보였다. 개 한 마리가 논두렁을 유유히 지나고 있었다. 어두운 하늘에는 구름 덩어리들이 서로 겹쳐 뒤엉키고 있었다. 그녀는 이 광경을 바라보다 그만 마음이 고인 물처럼 평온해졌다.

그가 터미널에 마중 나왔다. 10월의 날씨는 벌써부터 꽤 쌀쌀했다. 그녀는 맨발에 샌들을 신고 길 한쪽에 서 있었다. 손에 생수 한 병이 들려 있었고, 긴 머리는 앞가슴까지 내려왔다. 그들은 호텔로 갔다. 그가 샤워하고 나왔을 때 그녀는 창가에 멍하니 서 있었다.

"왜 만날 그런 우울한 얼굴이야? 내가 널 괴롭히기라도 하는 거야?"

그가 그녀를 보지도 않은 채 말하며 TV 앞에 앉아 담뱃불을 붙였다.

그녀도 담배 생각이 났다. 담배 한 개비를 집자 곧 그가 그녀의 손을 탁 쳤다.

"안 돼. 난 여자가 담배 피우는 거 질색이야."

그가 단호한 말투로 말했다.

일곱시 사십분. 비가 내리기 시작했다. 차는 시후(西湖) 주변으로 진입할 수 없었다. 걸어서 가야 했다. 거리에 사람들이 바글거렸고, 빗줄기가 거세지는가 싶더니 바닥이 구정물천지로 변했다. 공중에서 폭죽 터지는 소리가 펑펑 울릴 때마다 하늘이 번쩍 밝아졌다. 그들은 한 블록을 걸어 인파 속으로 합류했다. 고개 들어 불꽃이 하늘 위로 솟구쳐 화려하게 피었다가 사그라지는 모습을 봤다. 모든 것이 찰나였다. 예측 가능한 어느 시간 속에서 계속 반복되었다. 끝나는 순간이 온다는 걸 누구나 다 안다. 단지 그 순간 움직일 수 없었던 것뿐이다. 쏟아지는 빗속에 서서 숨죽인 채 그것을 바라보았고 그렇게 끝으로 다가가고 있었다.

이내 물에 빠지기라도 한 것처럼 머리와 옷이 흠뻑 젖었다. 그녀의 온몸이 덜덜 떨렸다. 그가 그녀를 나무 아래로 데려가 그대로 있으라고 하고선 우산을 사러 뛰어갔다. 조그마한 매점은 사람들로 북적였다. 너도나도 몰려들어 우산은 불티나게 팔렸다. 그가 우산을 받쳐 들고 다시 뛰어왔다. 그녀의 등 뒤에서 한 손으로 그녀를 끌어안고 다른 한 손으로는 우산을 들었다. 그의 입술이 그녀의 머리카락에 닿았다. 그들은 서로의 손을 포갠 채 불꽃놀이를 구경했다.

한 시간쯤 지나자 평평 소리가 잦아들었다. 거리를 꽉 채웠던 사람들이 흩어지기 시작했고 하늘에서는 어둠과 고요가 내렸다. 마치 아무 일도 일어나지 않은 듯했다.

돌아가는 사람들 표정은 덤덤했다. 그들은 집에 가서 어떤 TV 프로그램을 볼지 야식으로 뭘 먹을 건지를 논하고 있었다. 거리는 시내버스, 자전거, 인파가 뒤엉켜 고막을 찢을 듯한 소음이 난무했다.

그들도 그 판에 낀 채 천천히 걸어갔다. 앞서가던 소년이 제 옆의 소녀를 등에 업는 모습이 보였다. 소녀는 짧은 옷 사이로 허리 부분의 하얀 속살을 드러낸 채 깔깔 웃었다. 두 팔은 소년의 어깨 위를 꼭 감싸고 있었다. 사랑이 영원할 줄 알았던 때가 그들에게도 있었다. 빗속을 뚫고 달려와 뒤집어쓴 재킷 속에서 키스를 나누던 누군가도 있었다.

그녀가 그들을 보며 미소 지었다.

길 위에서 전화를 받았다. 그녀가 이직하려던 상하이 광고 회사에서 걸려온 것이었다. 회사 매니저는 자기네 회사로 오면 직급을 올려주겠다고 했다. 그녀 앞에 탄탄대로가 펼쳐져 있었다. 그녀는 그에게 이 이야기를 꺼내지 않았다. 그건 예측 가능한 생활이었다. 더 바쁜, 밤과 낮이 뒤바뀐 생활일 것이며, 화려해 보이는 시간이 지나면 적막만이 남는 생활일 것이었다.

한밤중 귀가한 그녀를 안아주는 이 없이, 함께 늙어갈 이 없이.

그녀가 절망할 만도 했다.


호텔로 돌아온 그녀는 자신이 하혈하고 있다는 걸 알았다. 하지만 어둠 속의 그는 알아채지 못했다. 그녀는 알리지 않았다. 그들은 섹스했다. 살과 살이 어우러졌다. 그녀의 모든 두려움과 추위가 사라지고, 세계가 밀려가고, 오직 그녀를 휘감은 키스와 애무만이 남았다. 그 순간 그는 그녀를 필요로 했다. 그는 그녀를 녹여 그의 뼈와 피에 담으려 했다. 자신의 체액과 숨결을 그녀에게 줬고, 일체의 상처와 배반에서 멀어졌다. 그의 몸, 의식, 영혼 모두가 여기에 있었다. 말할 필요도 없이, 눈물도 없이.

끈적하고 신선한 피가 그녀 몸속 깊은 곳에서부터 흘러나왔다. 조수(潮水)는 세계 끝을 향해 세차게 흘러갔다. 어릴 적의 그 섬은 머나먼 곳이었다. 캄캄한 밤, 배는 가없는 바다를 떠돌았다.

그의 약속. 그가 터미널 출구에 서 있었다. 검은색 티셔츠를 입고, 손가락 사이에 담배를 긴 채 서서 웃었다. 그가 이렇게 해사한 남자인 줄 미처 몰랐다. 그녀가 병원에서 잃어버린, 태어나지 못한 아이가 피바다 속에 잠겨 있었다. 한밤중 그녀가 흐느낄 때 그가 돌아누워 그런 그녀를 안아주었다. 그녀는 그를 꼭 껴안았다.


불꽃놀이. 그날 밤의 불꽃놀이. 그녀는 인파 속에서 쏟아지는 비를 맞으며 자기 뒤에 서 있던 그를 기억했다. 그는 그녀를 꼭 안아주었다. 그의 따뜻한 피부에서 익숙한 냄새가 났다. 불꽃이 그녀의 눈을 밝혔다. 아무것도 돌이킬 수 없었다.

「13」사라진 것을 기억하다

새벽 세시가 조금 넘은 시각, 촨성은 호텔에서 자살했다. 그는 현장에 없었다. 그가 새벽 한시에 친구와 호텔을 나서 바나나 나이트클럽에서 아가씨와 카드를 치고 네시에 호텔로 돌아왔을 때는 경찰이 로비 출입구를 봉쇄한 상태였다. 그녀는 30층 객실 창문에서 몸을 던졌고, 즉사했다.

그녀는 흰 원피스를 입고 있었다. 그날 밤, 그가 터미널에서 기다리고 있다 그녀를 집으로 데려갔다. 그녀는 여행 가방 하나에 사랑과 미래를 맡겼다. 열린 창문 앞에는 신발이 가지런히 놓여 있었고, 창턱에는 마구 비벼 끈 듯 보이는 담배꽁초가 수북했다. 그녀는 창턱에 앉아 낮게 깔린 집들의 불빛을 바라보며 아마도 아주 오래 망설였을 것이다. 휴대전화가 켜진 채 창턱에 놓여 있었다. 그녀는 누군가에게 전화를 걸고 싶었지만, 그게 누구인지 알지 못했다. 서광이 서서히 비추며 도시의 하늘이 희붐히 밝아오고 적요한 공기 속에 청량한 이슬이 맺혔다. 그녀는 이제 곧 시작되는 새로운 하루를 피할 도리가 없었다.

세상엔 더 이상 그녀가 미련을 둘 만한 것이 없었다. 마침내 그녀는 그를 버리기로 했다. 그녀가 사랑할 능력을 상실하기 전 마지막으로 사랑했던 그 남자를.

올여름이 이렇게 지나갔다.

「14」 나는 결국 그녀를 용서했다

삶은 여전히 이토록 아름답다.

나는 샤워할 때마다 창턱에 놓인 양치식물 화분을 본다. 그것은 정말로 아주 소량의 물만 줘도 잘 자랐다. 로즈는 내가 좀 더 긴 소설을 쓰기를 바랐고, 내가 흡족할 만한 고료도 약속했다. 그래서 나는 소설《피안의 꽃(彼岸花)》을 쓰기 시작했다. 아마도 이걸 완성하는 내년쯤이면 나는 돈도 시간도 넉넉해져 먼 곳으로 여행을 떠날 것이다.

나는 다시 혼자 산다. 어둠 속에서 웅크린 내 무릎을 어루만져줄 사람도, 뒤틀린 내 몸을 반듯이 펴줄 사람도 없다. 하지만 그런 건 아무럼 괜찮다. 주말마다 피트니스 센터에 다니기 시작했다. 여행을 위한 준비다. 여행은 모든 것을 새롭게 시작할 수 있다고 느끼게 해준다.

나를 '작은 선녀'라고 부르는 아일랜드 초콜릿남은 일주일에 한 번 데이트를 신청한다. 한번은 자기 고향의 평원을 보러 가지 않겠냐고 물었다. 양치기 소녀가 아름다운 요들송을 부르는 곳이라고 했다. 초콜릿 수입 에이전시를 운영하는 그는 유럽의 신비스러운 연안 국가에서 왔다고 했다. 비가 많이 오고 아름다운 음악이 흘러넘치는 곳이라고 했다. 나는 대답하지 않았다. 그에게 마음대로 나타났다가 마음대로 사라질 자유를 주고 싶었기 때문이다. 그래야만 나 자신의 자유도 지킬 수 있었다.

무얼 얻으려면, 반드시 먼저 그걸 줘야 한다. 이건 진리다.

나는 자정쯤 그에게 전화를 했다.

"지금은 중국 전설 속 선녀가 몰래 인간 세상에 내려와 목욕하는 시간이에요."

"작은 선녀님, 하늘나라로 돌아가는 길 찾을 수 있겠어요?"
그가 말했다.

"하늘나라에도 초콜릿이 있을까요?"

"있을지도 모르죠."

"여기엔 확실히 있죠."

우리 대화는 둘 중 하나가, 혹은 둘 다 조느라 끊어지기 일
쑤였다. 잠시 졸다 깨서 또 말하고 다시 졸고, 하는 식이었다.

나는 스물다섯 살이 넘은 여자는 점점 사랑을 만날 기회가
줄어든다는 사실을 알았다. 하지만 로맨스의 기회는 더 많아
질지 모른다.


가을이 되었다. 가로변에 늘어선 커다란 플라타너스의 누
런 이파리가 떨어져 내렸다. 우수수 나뭇잎 떨어지는 소리가
듣기 좋았다. 나는 술, 담배, 수면제를 줄여갔다. 그래야 밤에
맑은 정신을 좀 더 오래 유지할 수 있었다. 꾸준히 글을 썼다.
거의 현실에서 잊히다시피 한 방에서. 한낮에는 햇빛이 물푸
레나무 잎을 뚫고 컴퓨터 책상으로 얼금얼금 쏟아지는 방이
었다.

쓰다 보면 순간 머리가 아찔하고 눈앞이 아물거릴 때가 있
다. 그럴 땐 다리를 책상 위에 걸치고 발가락을 쫙 펴 구석구
석 햇빛을 �다. 그러고 나서 담뱃불을 붙이고 무심한 얼굴
로 어항 속을 이리저리 헤엄치는 열대어를 구경한다. 그것들

은 건강하고 굳센 마음을 가졌다. 사랑 따위 필요치 않으며 눈물도 흘리지 않는다. 그들은 언제나 나의 롤모델이다.

췐성 일로 눈물 흘리지 않은 지 꽤 됐다. 어쩌면 나는 진작 그녀의 죽음을 예감했는지 모른다. 죽음의 그림자가 줄곧 췐성 가까이에 있었는지도 모르겠다. 피와 살이 엉겨 붙은 그녀의 얼굴에서 놀다가 미처 씻지 못해 꾀죄죄한 얼굴을 한 아이 얼굴이 겹쳐 보였다. 산산이 부서진, 천진한 얼굴이었다. 췐성의 물건은 대부분 내 방에 있었다. 언젠가 췐성이 부모와 데면데면한 사이고, 어려서부터 고아처럼 자랐단 이야기를 한 적이 있지만, 노부모가 고통스러워하는 모습을 보고 있자니 췐성이 사람을 얼마나 믿지 못했는지가 새삼 느껴졌다. 그녀는 애정을 갈구했다. 받아본 적이 없었기 때문이다. 그녀의 사람에 대한 의심은 그래서 시작되었다.

그녀의 부모님이 빠트린 일부 물건들은 여전히 그녀의 방에 남아 있다. 뿔뿔이 널린 사진은 그녀가 상하이에 온 뒤에 찍은 것이다. 그녀는 와이탄의 고풍스러운 건축물 앞에서 쏟아지는 햇살을 받으며 특유의 담담한 미소를 짓고 있었다.

그 남자와 함께였다. 그의 품에 안긴 또 다른 사진에선 새하얀 어금니가 다 보이도록 아이처럼 웃었다. 일기장도 있었다. 명세 장부를 쓰듯 무미건조한 말투로 그날 있었던 일을 한 문장으로 끄적인 정도였다. 그녀는 속속들이 뚜렷하고 철저한 사람이었다. 단지 외로움을 잘 탔고, 환각을 통해 자기 자신을 마비시키려 했을 뿐이었다. 결국 다시 실망하고 말았지만.

그녀가 죽은 지 7일째 되는 날 밤, 나는 소설을 완성했다. 찬성 방에서 목소리가 들리는 듯했다. 평소 적요한 가운데 물푸레나무 잎이 바람결에 스치며 나는 소리가 아니었다. 흡사 가벼운 웃음소리 같았다.

불을 켜지 않은 채 어둠을 더듬으며 거실로 나가 그녀의 방문을 밀었다. 하얀 달빛이 방 한가운데의 텅 빈 침대를 비추고 있었다. 찬성이 있었다. 그녀의 하얀 원피스를 입고 맨발로 침대에 걸터앉아 담배를 피우고 있었다. 그녀가 날 보고 웃었다.

"찬성, 너 왜 돌아오지 않아? 너 이러는 게 그에 대한 복수라고 생각해? 그가 널 사랑하지 않는다면 아예 신경도 안 쓰겠지." 내가 말했다.

촨성이 피식 웃고 일어나 방 안을 거닐었다. 바닥을 딛는 소리가 나지 않았다. 그녀는 우리가 늘 피우던 홍솽시를 피웠다. 나와 논쟁하고 싶지 않은 듯했다. 마침내 그녀가 마음속의 모든 것을 털어냈다.

"촨성, 넌 최소한 너 자신을 사랑할 수 있어. 네가 자신을 아낄 줄 모르는 게 난 속상해 미치겠어."
내 눈에서 눈물이 떨어졌다.

새해가 되었다. 혼자 와이탄에 불꽃놀이를 보러 갔다. 군중 사이에 껴서 온 하늘에서 펑펑 피어나는 불꽃을 구경했다.
강바람이 뼛속을 파고들었다. 텅 빈 고층 빌딩이 스산해 보였다. 그렇게 한참 구경을 하다 사람들 가운데 그 남자가 있을까봐, 그의 새 여자친구를 뒤에서 껴안고 차가운 바람을 맞으며 그녀의 머리카락에 키스하는 모습을 보게 될까봐 두려워지기 시작했다. 사람들이 우르르 움직였고 사실 그럴 가능성은 별로 없어 보였다. 내 완고함에 웃음이 나왔다. 누구나 자기 운명을 타고나는데, 그 모든 일에 남들이 무슨 상관일까.

인파 속 젊은 연인들은 서로 부둥켜안은 채 하나가 되어 세상에 둘밖에 없다는 듯 키스를 나눴다. 사랑은 이렇게나 아름답다. 서로의 온기에 기대 다음 날을 맞이할 수 있을 것처럼. 우리는 원래 그렇게 살아갈 수 있었다. 눈을 감고 상대방을 껴안고 손을 놓지 않고. 분별 같은 건 필요 없다. 눈을 떴을 때 보이는 건 피안에서 떠오르는 불꽃뿐이기 때문이다. 건드릴 수 없고, 영원하지도 않은.


순간 나는 좐성을 이해하게 됐다.

그녀는 차가운 빗속에서, 그 남자의 품 안에서 비단 같은 화려함이 연기와 먼지로 사라지는 걸 봤다.

그녀는 어둠 속의 욕망에서 세상의 끝으로 달아나기를 갈망했다.

그녀는 30층 유리창 앞에서 맨발로 창턱에 앉아 집들의 불빛을 바라봤다.

그녀는 놓아버렸다.

나는 드디어 그녀를 용서했다.

지은이 **칭산**慶山

1974년 저장 닝보 출생. 2001년 '안니바오베이'라는 필명으로 출간한 첫 소설집《안녕, 웨이안》이 큰 성공을 거두며 단숨에 베스트셀러 저자 반열에 올랐다. 낭만적이고 세심한 문체로 도시를 표류하는 인간의 내면과 외부 세계의 관계를 탐색하는 글을 꾸준히 발표했다. 중국 인터넷문학이 폭발적으로 성장하는 데 핵심적인 역할을 했으며, 2014년부터는 칭산으로 필명을 바꾸어 새로운 작품 세계를 열어가고 있다.

옮긴이 **손미경**

중앙대학교 중어학과와 이화여자대학교 통번역대학원 한중과를 졸업하고, 기업 및 정부 기관의 번역 업무를 담당했다. 현재 번역집단 실크로드에서 중국어 전문 번역가로 활동하고 있다. 옮긴 책으로《칠월과 안생》이 있다.

# 안녕, 웨이안

**초판 1쇄 인쇄** 2018년 3월 16일
**초판 1쇄 발행** 2018년 3월 23일

**지은이** 칭산
**옮긴이** 손미경
**펴낸이** 이상훈
**편집인** 김수영
**기획편집** 류기일 임선영 김수현 김준섭
**마케팅** 조재성 천용호 박신영 곽은선 노유리
**경영지원** 이해돈 정혜진 장혜정 이송이

**펴낸곳** 한겨레출판(주) www.hanibook.co.kr
**주소** 서울시 마포구 효창목길 6(공덕동) 한겨레신문사 4층
**전화** 02-6383-1602~3
**팩스** 02-6383-1610
**메일** munhak@hanibook.co.kr

ISBN 979-11-6040-140-0  03820